El zoo d'en Pitus

grumets

Sebastià Sorribas

El zoo d'en Pitus

Il·lustracions
Pilarín Bayés

PREMI JOSEP M. FOLCH I TORRES 1965

LLISTA D'HONOR DEL PREMI DE LA CCEI 1967

laGalera

Primera edició:
abril del 1966

Cinquanta-unena impressió:
maig del 2014

Disseny gràfic de la coberta: Mariano Rolando

Disseny de l'interior i maquetació: Montserrat Estévez

Coordinació editorial: Anna Pérez i Mir

Direcció editorial: Iolanda Batallé

La Galera, SAU Editorial
Josep Pla, 95 – 08019 Barcelona
www.lagalera.cat
lagalera@grec.cat

Imprès a Limpergraf SL
Mogoda, 29-31 Polig. Ind. Can Salvatella
08210 Barberà del Vallès

Dipòsit legal: B-26137-2011
Imprès a la UE
ISBN 978-84-246-8101-2

ÍNDEX

ALS NOIS I NOIES QUE LLEGIRAN AQUEST LLIBRE

Pròleg a la primera edició

Avui La Galera posa a les vostres mans un llibre diferent dels que fins ara us ha ofert. Una mena de llibre que faltava a les seves col·leccions i que hem de saludar amb molta alegria, perquè ve a continuar-les en un camí ascendent. Vosaltres us aneu fent grans i els llibres han de créixer com vosaltres.

Aquest, que a més ha rebut la distinció del Premi Folch i Torres de l'any 1965, estic segur que us farà passar estones molt bones, i que tots voldríeu ser de la colla que s'ha empescat aquest zoo de barriada –per a un fi tan noble– i que segurament us trobareu identificats amb els seus protagonistes i viureu les seves generoses activitats, en les quals també hauríeu fet un bon paper.

Jo us puc dir que, llegint-lo, m'he sentit altra vegada noi i no m'hauria fet res de contribuir amb la meva tasca personal a dur a bon terme *El zoo d'en Pitus*.

I ara no us vull distreure més, a llegir s'ha dit i a veure quin és el personatge que us és més simpàtic, el que sentiu més com vosaltres mateixos i l'episodi, o episodis que, amb preferència, us hauria agradat d'haver viscut.

ARTUR MARTORELL (1894-1967)
President del Jurat del Premi Folch i Torres 1965

LA COLLA D'EN TANET

LA COLLA

No fa gaire temps, en un dels barris més antics de Barcelona, va passar una cosa que val la pena de ser contada.

En aquest barri, com en tots els barris, hi havia una colla. I el capdavanter d'aquesta colla era un noi de deu anys que es deia Jordi, però que, ningú no sap per què, tothom li deia Tanet.

En Tanet era un noi molt espavilat: a l'escola sempre era dels primers, i dirigia la colla amb mà ferma.

El segon de la colla es deia Quim, però perquè era molt saberut i se les empescava totes, li deien Fleming, el nom d'un savi molt conegut a tot el món.

Després hi havia en Juli. En Juli no tenia cap motiu: es deia Juli i Juli li deia tothom. Era un noi més aviat alt, amb ulleres, i li agradava molt d'escriure i d'estudiar.

Un altre es deia Manel, però com que a casa seva li deien Manelitus, tothom li deia Manelitus. En Manelitus era un argent viu i valent com ell sol, però... era un bon xic eixelebrat i tot ho esguerrava. I anava sempre vestit pengim-penjam.

I un altre es deia Josep, però perquè era tot grassonet i rodonet li deien Cigró. En Cigró no era massa valent, però era força espavilat, i quan el Fleming inventava coses, en Cigró era el seu millor ajudant.

El darrer de la colla també es deia Josep, però li deien Pitus. Era el petit de la colla, i perquè li va passar el que li va passar aquesta història pot ser contada.

EN TANET

El cap de la colla és un noi molt espavilat, que sembla més gran del que és. Sempre va net i polit: els seus companys no saben pas com s'ho fa. A l'escola, sempre és dels millors, però, d'això, en Tanet no en presumeix. Té una gran virtut: sap manar. I quan ha de renyar, ho fa de tal manera que ningú no s'enfada. Les seves grans pensades són famoses entre els nens i les nenes del barri.

EL FLEMING

És el segon de la colla. També té deu anys i es diu Quim, però tothom li diu Fleming, el nom d'un savi molt conegut arreu del món. El motiu li ve de tenir la mà trencada a inventar coses. No és massa alt i porta ulleres, com tots els savis. És el primer de l'escola en matemàtiques i ciències... i gairebé el darrer en geografia i història. Ajudat per un altre de la colla, en Cigró, és capaç de muntar tota una instal·lació elèctrica.

EN JULI

En Juli no té, ara, cap motiu. Quan era petit era molt baixet i li deien Baldufa. Però després va començar a créixer i, és clar, van deixar de dir-li-ho. Ara, tothom li diu Juli. És molt estudiós i li agrada molt d'escriure. Abans d'estudiar qualsevol lliçó, l'escriu sencera en una llibreta. És tan alt, que els seus germans el fan servir per abastar el pot de la mel o el de la confitura del rebost, que són molt amunt. Té nou anys.

EN MANELITUS

Es diu Manel, però tothom, començant pels de casa seva, li diu Manelitus. És petitó i deixat com ell sol: sempre va pengim-penjam... No para mai de moure's i és potser el més valent de la colla. Té, però, una gran desgràcia: tot ho esguerra. Ell prou que procura de fer-ho tot bé: és inútil. Quan menys s'ho esperen els de la colla, en Manelitus en fa una com un cove. És carn i ungla amb tots els gats i gossos del barri i els seus més grans enemics són els vestits encarcarats.

EN CIGRÓ

En totes les colles sempre hi ha d'haver el noi grassonet que menja tothora. Aquest, en la colla d'en Tanet, és en Cigró. El seu nom és Josep, però, ja de molt petit, tothom li va començar a dir Cigronet, i ara que té onze anys li diuen encara Cigró. És una mica poruc i qualsevol cosa li fa posar els cabells de punta: els gossos massa grossos, els cartells de cinema anunciant pel·lícules terrorífiques, els mariners negres americans... Però, per altra banda, és molt despert i enginyós. Ja hem dit que és l'ajudant del Fleming. Junts, fan grans coses.

EN PITUS

També es diu Josep, però perquè és el més petit de la colla –té set anys acabats de fer– li diuen Pitus. És tan petit que, és clar, no arriba enlloc... i moltes vegades fa més nosa que servei. Però els de la colla se l'estimen molt, i en Pitus sent una gran admiració per ells. Tota la gent del barri el coneix perquè és molt amable amb tothom. És bon nano de debò.

LA MARIONA

La germana d'en Cigró, la Mariona, té nou anys i és molt assenyada. Totes les noies del barri l'admiren... encara que té una mica de mal geni. Per tractar els nens i les nenes petits, no n'hi ha d'altra. Tothom, al barri, sap que dibuixa molt bé. Quan, asseguda a la galeria de casa, dibuixa un conill, el fa tan ben fet que el gos que tenen comença a bordar.

EL QUE LI VA PASSAR A EN PITUS

En Pitus era, com he dit, el més petit de la colla. Tenia set anys tot just fets.

Encara que moltes vegades feia més nosa que servei, ja que es cansava de seguida i era tan baixet que no arribava enlloc, era tan bon nano que els de la colla l'acceptaven de bon grat. Sentia una gran admiració pels seus companys, i això de poder pertànyer a una colla de nens més grans l'omplia d'orgull.

Però en Pitus va tenir molt mala sort.

Un dia es va posar al llit tot empiocat, i quan el metge el va anar a veure, va dir que tenia una malaltia molt greu, de les que es presentaven solament un cop cada deu anys. Pobre Pitus!

El van veure un munt de metges dels de més anomenada i, finalment, tots van quedar d'acord que, per posar-se bo del tot, en Pitus havia de fer-se visitar per un metge suec molt famós.

Però a casa d'en Pitus eren molt pobres i el viatge a Suècia, molt car.

Com s'ho havien de fer els pares d'en Pitus?

TOTA LA GENT DEL BARRI

Quan al barri es va saber la notícia de la malaltia d'en Pitus, i que per posar-se bo havia d'anar a Suècia, tota la gent va estar d'acord que s'havia de fer alguna cosa per recollir diners per al viatge.

Però què podien fer? La gent del barri eren gairebé tots treballadors que guanyaven el just per anar tirant... i el viatge era tan car!

Malgrat tot, la gent del barri estava decidida a fer els possibles per pagar el viatge al pobre Pitus, i de seguida es van empescar coses per recollir diners.

Es van fer rifes de coses donades pels botiguers. Tothom duia números a la feina per vendre als companys, i es van vendre com l'aigua, perquè tothom, en saber per a què era la rifa, es posava de seguida la mà a la butxaca o al moneder.

Es va fer també una comissió per a organitzar un festival al local de la Parròquia. En aquest festival van actuar molts artistes coneguts sense cobrar res; i encara que va començar una mica tard, el festival va ser un gran èxit. Així, de mica en mica, la guardiola per al viatge d'en Pitus s'anava omplint.

LA GRAN PENSADA D'EN TANET

Una tarda de dissabte, en Tanet va reunir la seva colla al solar on acostumaven a jugar.

—Escolteu! —començà en Tanet quan hi van ser tots—. Hem de fer alguna cosa per en Pitus. Ja sé que tots hem fet el que hem pogut, venent números de les rifes i en-

CASA D'EN MANELITUS
SRA MUNDETA
SOLAR
CASA D'EN JULI
CINEMA
FORN
ONCLE PATAU
CASA DEL FLEMING

GRAN MAGA
TZEM
RECORD
CASA SR. MARTÍ
D'EN TANET
CASA D'EN CAP PELAT
SRA. EMILIETA
CASA D'EN RITUS BARCISQUE
CASA D'EN DITUS
CASA DE LA MARIONA I EN CIGRO
MAGATZEM

trades per al festival. Però en Pitus és de la nostra colla i tenim el deure de fer més, encara.

Els altres van dir que sí amb el cap. Estaven tots d'acord que calia fer alguna cosa més per en Pitus. Però, què?

—Has tingut alguna idea? —preguntà el Fleming.

En Tanet se'l va mirar un moment. De seguida va respondre:

—Sí.

—Digues, digues! —li van demanar tots.

—Veureu... —va començar en Tanet.

Tots van parar l'orella.

—Us recordeu d'aquell diumenge que vam anar tots al Parc, a veure el zoo?

—Sí, sí! —van respondre els altres.

—Oh, i com ens vam divertir! —va dir en Manelitus.

—A mi el que em va agradar més van ser les mones —va comentar en Juli.

—I a mi les foques —va dir, al seu torn, en Cigró.

—Calleu! —va demanar el cap de la colla. I va continuar—: Us recordeu de la gentada que hi havia?

—Oh, sí —va dir el Fleming—. Els diners que deuen fer cada diumenge, al zoo...

—Tu ho has dit! —va tallar ràpid en Tanet.

—Què vols dir? —preguntà el Fleming.

En Tanet es mirà, un a un, els de la seva colla. Estaven tots intrigats per veure amb quina en sortiria el noi.

Finalment, els va proposar:

—I si en féssim un, nosaltres, de zoo?

LA PENSADA D'EN TANET ÉS ACCEPTADA

Hi va haver un moment de silenci. Els de la colla s'ho esperaven tot menys això.

–Vols dir que no piques massa alt, Tanet? –va dir, llavors, el Fleming–. En primer lloc, d'on vols que traguem els animals?

–Home, ja sé que no podem fer un zoo com el del Parc. Però, d'animals, no ens en faltaran –li va respondre en Tanet.

–No sé, no sé... –va dir el Fleming, tot movent el cap.

–Si ens ho sabem enginyar bé, ja t'asseguro que podrem reunir vint o trenta animals diferents. I potser més i tot! –explicà en Tanet–. És clar que seran animals que la gent està acostumada a veure... Però, si els posem en gàbies ben maques, amb uns cartellets ben dibuixats on hi hagi el nom de l'animal i tot allò que posen els del Parc, a la gent li semblarà que no els han vistos mai, ja ho veuràs.

–I on faríem el zoo, Tanet? –va preguntar en Cigró.

–No siguis totxo, Cigró –s'avançà a respondre el Fleming, a qui començava a agradar la idea d'en Tanet–. On vols posar un zoo, al barri, sinó aquí, al solar?

–Just! –va exclamar en Tanet–. El netegem ben netejat i amb totes les gàbies farà goig de debò.

–I farem pagar una entrada, oi, Tanet? –preguntà en Juli.

—I el que recollirem serà per al viatge d'en Pitus? —al seu torn, en Manelitus.

—Això mateix —va respondre, a tots dos a la vegada, en Tanet.

—I tu creus que tots sols podrem fer el zoo? —va demanar llavors el Fleming.

—No, Fleming —digué tot seriós el cap de la colla—. Hem de fer que tots els nens i les nenes del barri ens hi ajudin. En Pitus tothom el coneix, i ja veuràs com tots voldran col·laborar a fer el zoo.

Hi va haver un moment de silenci. Tots rumiaven sobre el zoo. Finalment, en Tanet va voler saber:

—Bé, què en penseu, de la meva idea?

—És una bona pensada —va admetre en Juli—. Però, em sembla una mica difícil de tirar endavant.

—No serà fàcil, Juli, però per això mateix tindrà més mèrit. —I va continuar—: Si s'aprova la proposta de fer el zoo, podríem parlar-ne amb el mossèn. El festival del Centre va quedar molt bé... Ell, que està acostumat a organitzar coses, ens podrà dir si es pot fer o no un zoo, al barri.

—Si és així... —comentà en Juli, que semblava el menys convençut.

Llavors, en Cigró va opinar:

—Jo crec que ara l'únic que cal és posar-ho a votació.

—Sí, sí —van acceptar els altres.

—Doncs, tots els que hi esteu d'acord, aixequeu la mà —va demanar el cap.

Tots van aixecar la mà, i la proposta d'en Tanet va ser acceptada per unanimitat.

EN TANET I LA SEVA COLLA VAN A VEURE EL MOSSÈN

Els cinc nois estaven asseguts davant la taula del despatx del mossèn. Li acabaven d'explicar la idea del zoo.

D'entrada, el sant home es va quedar veient visions. Va estar a punt de dir que la pensada era una bestiesa, però els va veure tan decidits que no va gosar dir-ho.

Rumià una mica, i finalment va dir:

–I on el faríeu, el zoo? No penseu pas fer-lo al mig del carrer...?

–És clar que no! –va exclamar en Tanet–. El faríem al solar.

–Ah, ja! –va dir el mossèn. I va rumiar una mica més–. I els animals? D'on els traureu, els animals, eh?

–Hem fet una llista... –va dir tímidament el noi.

–Una llista? –va fer el capellà.

–Sí. Hi tenim apuntats trenta-set animals. Això, de moment...

–Déu n'hi do! –comentà el mossèn–. A veure, la llista.

En Tanet li va donar un paper que es va treure de la butxaca. El capellà va començar a llegir:

–Lloro, mona, gall, gos llop, rata de claveguera, conill

de bosc, sargantana, ànec, tigre... Un tigre! –va exclamar el mossèn, tot esverat–. I d'on el traureu, un tigre?

–El demanarem al zoo del Parc –va dir en Cigró, com si fos la cosa més natural del món.

–Cal que hi hagi un animal salvatge, no li sembla, mossèn? –va aclarir el Fleming.

–Sí, sí... és clar... Però, un tigre!

El bon home no se'n sabia avenir. I va dir:

–A més, no crec pas que us el deixin.

–Ja veurà com sí –va intentar convèncer-lo en Tanet–. Els el demanarem ben demanat. I, a més, és per a recollir diners per al Pitus: no podran dir que no.

El mossèn va moure el cap, no gaire convençut, i continuà la lectura de la llista d'animals.

–Ratolí, espiadimonis, papallona blanca, papallona de colors, peixos vermells... Peixos vermells? –Va mirar, per sobre les ulleres, el cap de la colla–. No deuen pas ser...?

En Tanet, mirant a terra, va admetre:

–Sí... els del pati de la rectoria.

El mossèn va sospirar i va dir solament:

–Ai, Senyor!

I va continuar llegint, aquesta vegada per a ell.

Quan va acabar, es va mirar els nens, un a un, i va preguntar:

–Bé. I esteu segurs d'aconseguir tots aquests animals?

–Oh, i tant! –va dir, entusiasmat, en Tanet–. Ho tenim tot pensat.

De sobte, el capellà es va recordar d'una cosa:

—Ah! I les gàbies? Què? D'on les traurem, les gàbies?

—Jo les inventaré —va respondre el Fleming, tot orgullós.

—Doncs, si ho teniu tot tan pensat, no sé pas en què us puc ajudar, jo... Perquè, no voldreu pas que em posi a caçar grills, a la meva edat...

—Oh, no, no! —va dir ràpidament en Tanet—. Els grills ja els caçarem nosaltres. Si hem volgut parlar amb vostè és perquè el festival va sortir tan bé que... hem pensat que ens podria ajudar a organitzar això del zoo, perquè pugui sortir tan bé com el festival. És que nosaltres no sabem per on començar, sap?

—Ah, ja... —va fer el mossèn. I va rumiar una mica.

Al cap d'un moment va proposar:

—En primer lloc, hauríeu de nomenar una junta.

—Ja la tenim —va contestar en Tanet—. Nosaltres!

—I un president.

—El president és en Tanet —va exclamar en Manelitus.

—I un secretari.

—El secretari sóc jo —va intervenir en Juli.

—I un director tècnic.

—El Fleming! —van cridar tots alhora.

—I jo sóc el seu ajudant —es va presentar, tot orgullós, en Cigró.

—I jo sóc el director de caceres —va saltar, al seu torn, en Manelitus.

—I la germana d'en Cigró, la Mariona, que dibuixa tan bé, l'hem feta directora de propaganda.

—Renoi, sí que ho teniu ben organitzat! —va reconèixer, tot convençut, el mossèn—. No crec que jo ho hagués fet millor.

—Hi ha una cosa que no sabem com resoldre-la —va començar a dir, a poc a poc, en Tanet—. Si vostè volgués...

—Digues, digues... —va fer el capellà, pensant, una mica espantat, amb quina li sortiria en Tanet.

—Doncs, resulta que ens han dit que per a fer el zoo al solar, cal un permís de l'ajuntament, i s'han d'omplir uns papers i no sé què dimonis més...

El mossèn va respirar tranquil, s'aclarí la veu i els va dir:

—Bé. Ja intentaré resoldre això del permís.

—Visca el mossèn! —van cridar tots els nens.

Quan va poder fer-los callar, el va advertir:

—I ara, escolteu. La vostra pensada és molt bona. I encara ho és més la vostra intenció d'ajudar en Pitus. Però us caldrà treballar de valent... No sigui cosa que, a mig fer, us en canseu i ho deixeu tot empantanegat.

—No, no! —van dir els nois tots alhora.

—Estic segur que no ho fareu —va continuar el capellà—. Doncs, endavant! Ah! I si teniu cap dificultat per a trobar algun animal, veniu-m'ho a dir i faré tot allò que estigui al meu abast per ajudar-vos a aconseguir-lo. Menys el tigre, eh? Ja em perdonareu, però el tigre l'anireu a demanar vosaltres sols... Au, tots cap a la feina!

Els nois es van aixecar, tots contents.

Quan se n'anaven, corrents, el mossèn els va demanar:

–Tanet! Què és el que fareu primer?

–Apuntar tots els nens i les nenes del barri, per a fer el zoo!

TOTS A LA FEINA

TOTS ELS NENS I LES NENES DEL BARRI FAN CUA

A les quatre de la tarda d'aquell mateix dia, sortia del solar la Cavalcada d'en Tanet i la seva colla, per fer una crida, a cada cantonada, a tots els nens i les nenes del barri.

Anaven tots guarnits amb vestits fets de sacs i amb barrets de paper.

Davant de tot, en Manelitus feia voltar amb la mà un bastó –que era del seu avi– tirant-lo enlaire de tant en tant.

Darrere d'en Manelitus, anava el secretari, en Juli, en un patinet, vestit de nunci, amb una trompeta llarga, que havien comprat entre tots.

I en últim lloc, fent un gran escàndol amb trompetes i timbals, la resta de la colla.

Quan arribaven a una cantonada, feien un terrabastall musical, i llavors en Juli baixava del patinet.

El noi feia sonar la trompeta ben fort i, quan estava ben voltat de nens i nenes, feia un senyal amb la mà, que volia dir que parés la música; s'aclaria la veu, desplegava el paper enrotllat que portava sota el braç, i cridava:

—Nens i nenes del barri! Per tal d'ajudar en Pitus, hem tingut la idea de fer un zoo al solar. Aquest zoo serà obert tot un diumenge i es farà pagar entrada. El que es reculli, serà per ajudar a pagar el viatge d'en Pitus a Suècia. Nens i nenes del barri! Fer un zoo no és gens fàcil, i ens cal l'ajuda de tots vosaltres! Els qui s'hi vulguin apuntar poden fer-ho aquesta mateixa tarda, al solar, a partir d'aquí a una estona i fins que es faci fosc. Tots aquells a qui no els agradi treballar, que no s'hi apuntin. Als qui els faci por caçar animals, també s'hi poden apuntar: faran una altra feina. He dit!

Després de deu crides com aquesta —una a cada cantonada—, els de la cavalcada van anar cap al solar, a apuntar gent.

Quan hi van arribar, tots els nens i les nenes del barri ja eren allà, fent cua.

TOTS APUNTATS

–Com et dius, Carmeta?

–Carmeta.

–Carmeta què?, tonta!

–Ah! Carmeta Pi i Compte.

–Saps fer gàbies?

–No. Però sé dibuixar.

–Doncs et posarem a propaganda.

–I què he de fer?

–Cartells, programes... La Mariona, que és la directora de propaganda, ja t'ho dirà. Un altre. Com et dius, Quimet?

–Quimet.

–No siguis totxo! Quimet i què més?

–Ah! Quimet Garcia i Rius.

–Tu faràs gàbies.

–Però, si no n'he fet mai... no en sé...! Jo vull caçar feres!...

–No, que ets massa petit. Un altre. Com et dius?

Quan va començar a fer-se fosc, tots els nens i les nenes del barri estaven apuntats: més de cinquanta!

En Tanet i la seva colla, abans d'anar a sopar, van pujar un moment a casa d'en Pitus i li van ensenyar la llista.

En Pitus va comptar els apuntats, un per un:

–Un, dos, tres, quatre... cinquanta-tres! Ostres, quants! –i va somriure, tot content.

EL SENYOR PUJADES, ZOÒLEG

El mossèn havia cridat al seu despatx tots els membres de la junta del zoo. Amb ell hi havia un senyor alt i prim, amb unes ulleres grosses i vestit a la moda... de feia trenta anys.

El capellà el presentà als de la junta.

—Mireu, aquest senyor és el senyor Pujades. És un zoòleg conegut arreu del món.

—Que és què? —va preguntar en Manelitus.

El senyor Pujades va somriure i els va explicar:

—Sóc zoòleg. Zo-ò-leg.

—Ah! Vol dir que és empleat del zoo del Parc, oi? —va dir, ficant la pota, en Manelitus.

—No, no, Manelitus. No siguis beneit! —va intervenir el mossèn—. El senyor Pujades no és cap empleat del zoo del Parc! Un zoòleg és un senyor que sap tot el que s'ha de saber sobre tota mena d'animals: què mengen, com s'han de tractar, de quina mena són... ho entens?

—Ah! —van fer tots els de la junta, mirant, admirats, aquell senyor tan savi.

En Tanet es va posar de seguida a to, i va reconèixer:

—Amb això del menjar dels animals no hi havíem pas pensat... i és una cosa important!...

—És clar! —va dir el senyor Pujades—. Cada animal menja una cosa diferent. No pots donar pastanaga a un grill, ni escarola a un tigre...

—Sí, és clar —va fer en Tanet, tot amoïnat.

El senyor zoòleg va mirar el grup, somrient, i els va comentar:

—El mossèn m'ha parlat del vostre projecte de fer un zoo i el trobo molt interessant... més encara sabent la finalitat que us mou. Sou uns nois molt ferms! Jo us ajudaré en tot el que pugui. —I, traient-se una tarjeta de la butxaca, va continuar—: Aquí hi ha el meu nom, Albert Pujades per a servir-vos. I el meu telèfon. Sempre que em necessiteu, podeu telefonar-me amb tota llibertat... I quan faltin pocs dies per al diumenge de l'exposició zoològica... el mossèn m'ha ofert un llit a casa seva, i em tindreu al vostre costat, per a tot el que calgui.

—Vindrà? —va preguntar en Tanet, obrint una boca de pam.

—Ja hi pots pujar de peus! —va respondre el senyor Pujades.

—Visca el senyor zoològic! —va cridar en Manelitus.

—Zoòleg, nen; no zoològic.

—Ai, perdoni —es va disculpar en Manelitus, abaixant el cap.

—De res, home... —el tranquil·litzà el senyor Pujades. I alçant-se, es va acomiadar:

—Bé, ja sabeu on em teniu.

I, va donar la mà a cada un dels membres de la junta del zoo. Quan es disposava a anar-se'n, en Tanet se li va acostar.

—Senyor Pujades.

—Digues.

—Li voldria donar la mà, una altra vegada. En nom d'en Pitus, sap?

El senyor Pujades se'l va mirar un moment, força commogut. I li va allargar la mà, tot dient:

—Gràcies. I dóna-li molts records de part meva.

LES TARDES, NETEJA

A la sortida del despatx parroquial, en Tanet i la seva colla van córrer cap al solar, on ja els esperaven tota la quitxalla del barri. Calia col·locar cada nen i cada nena en una de les tres seccions que s'havien fet: gàbies, caceres i propaganda. Els que no servissin per a cap d'aquestes seccions, els destinarien a la neteja del solar.

Els de la junta van ser rebuts amb grans crits:

–Ja arriben! Ja són aquí!

En Tanet, sense perdre temps, es va enfilar dalt d'una pedra i els parlà tot seguit:

–Escolteu: ara el secretari passarà llista, tot indicant a quina secció va cada un de vosaltres. Els de la secció de caceres es posaran a la dreta, al costat d'en Manelitus. Els de la secció de gàbies a l'esquerra, amb el Fleming. I els de la secció de propaganda allà al mig, on hi ha la Mariona. Els que en Juli no anomeni seran de la secció de neteja i tindran cura de deixar el solar ben net. Ja pots començar, Juli.

En Juli, amb uns papers a la mà, va prendre el lloc d'en Tanet, sobre la pedra. Va començar a passar llista:

–Pepet Roure!

–Present!

–A caçar animals!

En Pepet Roure va fer un crit d'alegria. El president va intervenir:

–Ep! Sense fer escàndol, que no acabaríem mai! Continua, Juli.

–Maria Rosa Gómez!

–Aquí!

–A pintar cartells! Mateu Riera!

–Sóc jo!

–A fer gàbies!

Quan en Juli va acabar de passar llista, faltaven encara els nens i les nenes que no havien estat cridats: eren els més menuts.

S'havien quedat tots moixos, i alguns estaven a punt de plorar. Això de netejar era tan galdós!

En Tanet va mirar el grup dels que no sabien fer res, i va moure el cap, volent dir: «Això no pot ser!»

Va cridar els de la junta:

–Veniu un moment.

I se'ls va emportar un tros lluny.

–Això no pot pas ser! –va començar el president–. Queden els més petits i la feina de netejar el solar serà molt pesada. A més, mireu, pobrets, quina cara més trista que fan!

–Sí –va dir la Mariona–. Alguns ja ploren i tot.

–Hem de trobar una solució! –va decidir en Tanet.

–I què podem fer? –va preguntar en Fleming.

En Tanet es va concentrar un moment. De seguida, va tornar a parlar:

–Ja ho tinc! Al matí, les seccions faran la feina que han de fer, i a la tarda, tothom farà neteja. És el més just!

—Sí, però... i al matí, què faran aquests? —va demanar, ara, en Juli, tot assenyalant el grup dels més petits.

—Faran els encàrrecs. I ajudaran en el que puguin —va proposar en Tanet—. Els repartirem entre els tres grups.

—Faran més nosa que servei... —va comentar la Mariona.

—Potser sí, Mariona. Però no podem pas dir-los que se'n tornin a casa seva.

Les paraules del president van convèncer els de la junta.

—És clar, és clar!

Quan en Tanet va explicar a tothom el canvi de programa, els del grup de les llàgrimes van saltar de contents, tot picant de mans.

Aquella mateixa tarda va començar, entre tots, la neteja del solar.

I cada tarda, les persones grans que tot passejant s'arribaven al solar, s'hi quedaven força estona, veient aquell magnífic espectacle: cinquanta-tres nens carregaven caixes amb pedres i escombraries, i les duien a l'altra ban-

da de la tàpia, fora del solar. Feia goig de debò veure treballar, tots junts, tots els nens i les nenes del barri!

REBOMBORI AL BARRI

I van començar els preparatius per al zoo.

Renoi, quin rebombori al barri!

Com que era ple estiu –època de vacances–, tota la canalla tenia el dia lliure, i podia dedicar tot el temps al zoo.

El solar tot el dia era ple de gent que cridava, preguntava, rondinava... Allà no hi havia qui s'hi entengués.

Els primers dies –ja se sap– van ser un aldarull.

Però, a poc a poc, les coses es van anar organitzant millor, i cadascun es va posar a fer la seva feina.

Quant als pares, tot era renyar els fills perquè no eren mai a casa: entraven en una correguda, menjaven en una correguda... i se'n tornaven en una correguda.

Els pares els renyaven... però, en el fons, estaven contents i satisfets que els seus fills treballessin per a una obra tan important.

Val a dir que la gent gran va mostrar un gran esperit de col·laboració: tothom donava fusta i els mobles que podien, per a fer gàbies. I tot el que fes falta: tisores, cordill, bolígrafs, paper, escombres, pales... I els que podien, diners i tot, per a comprar coses que no hi havia més remei que comprar.

Al barri mai no s'havia vist tanta activitat. Quin rebombori!

EL FLEMING I EN CIGRÓ INVENTEN GÀBIES

En un racó del solar, el Fleming i en Cigró, voltats dels nens i les nenes de la secció, rumiaven com havien de ser les gàbies per a cada animal.

La cosa més difícil d'inventar eren els barrots. Fer una gàbia era fàcil: amb fusta, claus i un martell aviat era feta. Però, i els barrots?

Havien intentat fer-los de fusta, però en un matí n'havien fet solament cinc. Fent-los de fusta no acabarien mai.

El Fleming i en Cigró tot era gratar-se el cap, per ferhi sortir una idea lluminosa.

–I si els féssim amb cordills? –va suggerir en Cigró, no gaire convençut.

–No diguis bestieses! –va respondre el Fleming–. No veus que qualsevol animal els pot rosegar, els cordills...

I vinga pensar.

De tant en tant, en Tanet passava per allí, i preguntava:

–Què? No surten els barrots?

–No, noi –responia el director tècnic–. Però sortiran, no ho dubtis.

En Tanet se n'anava, i els de les gàbies, torna a rumiar!

–Ja ho tinc! –va cridar en Cigró–. Podem comprar gàbies de periquitos! Almenys els animals petits hi cabran!

El Fleming se'l mirà amb llàstima:

–Has suat molt, oi? –va dir–. I d'on vols que traguem els diners? Saps el que val, una gàbia de periquito?

–Sí, és clar... –va murmurar, tot consirós, en Cigró.

Els altres de la secció de gàbies, tot era mirar els dos nois que manaven, esperant amb ànsia la solució dels barrots.

Tots, menys un.

N'hi havia un de primet, molt bru, que es quedava embadalit, mirant el cel, amb la boca oberta.

El Fleming se'n va adonar:

–A veure si t'hi caurà un pardal, a la boca! –li va cridar–. En què estàs pensant, en els angelets?

–Eh? –va dir el noiet, com si caigués d'un núvol.

–Que estem reunits! No badis –el va renyar el Fleming.

–És que estava pensant... –els va explicar el nen–. Jo, una vegada, a pagès, vaig veure una gàbia molt estranya...

–I què tenia d'estrany? –va voler saber en Cigró.

–Doncs, que els barrots eren de barnilles de paraigua...

El Fleming se'l va quedar mirant. A poc a poc, va obrir la boca amb un ample somriure. Va exclamar:

—Noi, ets un as! Ja tenim barrots!

—Visca! Visca! —van cridar tots els de la secció de gàbies.

I en Tanet, que en aquell moment era a l'altra banda del solar, parlant amb en Juli, va dir:

—Aquells ja han trobat els barrots!

A LA SECCIÓ DE PROPAGANDA FAN CARTELLS

Els qui ja havien començat a fer feina eren els de la secció de propaganda.

Cada matí, els petits dibuixants traslladaven una colla de tauletes d'escriure i estudiar al racó del solar on estava instal·lada la secció.

Quan tots estaven asseguts davant les tauletes, començaven a dibuixar cartells, sota la vigilància de la Mariona, la germana d'en Cigró, que tothom sabia que dibuixava tan bé.

La Mariona passava i tornava a passar entre les tauletes, com si fos una mestra d'escola.

De tant en tant, s'aturava i renyava algú:

—Ep, noi! A veure si ens hi fixem! T'he dit que dibuixessis una oca i em dibuixes un elefant!

—És que dibuixar una oca és massa senzill! —es defensava el noi.

—Sí, però, d'oques, en tindrem al zoo, i d'elefants, no

—explicava la Mariona, una mica enfadada—. Apa, a dibuixar l'oca! Després, ja et deixaré fer una mona, a veure si te'n surts.

I una nena deia:

—Mariona, se m'ha trencat la punta del llapis de color vermell!

—Doncs fes-hi punta amb la maquineta! —responia la directora.

—Ja n'he fet tres vegades, i sempre se'm trenca! —es queixava la petita dibuixant.

—Mare meva, quina colla! —cridava la Mariona, perdent un xic la paciència—. A veure, fes punta al llapis davant meu!

I llavors la nena pocatraça començava a donar voltes a la maquineta amb una mà, mentre amb l'altra feia força amb el llapis... fins que, crec!, se li trencava la punta.

—Veus? —somicava la petita.

–És clar que se't trenquen les puntes, noia! –explicava la directora dels dibuixants–. Quan ja tens punta al llapis has de parar de donar voltes a la maquineta!

–És que a mi m'agrada tenir les puntes dels llapis ben llargues!

–Sí, però així no guanyarem per a llapis!

De tant en tant, en Tanet inspeccionava la secció de propaganda i preguntava a la directora:

–Com va això, Mariona? Pinten els dibuixants?

–No gaire, Tanet –responia la noia–. En lloc d'oques em fan elefants. I sempre se'ls trenquen les puntes dels llapis!

–Paciència, noia... però, també mà ferma! –deia el president.

–Mariona! –cridava llavors un dels dibuixants.

–Què vols, tu, ara?

–Tinc pipí...

–Una altra vegada? Ja van tres cops! Vés-hi, però torna de seguida!

La secció de propaganda semblava talment una escola.

A LA SECCIÓ DE CACERES, NO HI HA QUI S'HI ENTENGUI

Els que feien més tabola eren els de la secció de caceres.

Tots, menys un, eren nois. L'excepció era la Tecla, una noia que havia viscut a pagès, i a qui no espantava cap bestiola.

Cal reconèixer que els d'aquesta secció eren més bons per a actuar que per a planejar. En Tanet sempre hi havia d'estar a sobre.

N'hi havia un que era tot un cas. Era un noi que tenia molt de cabell i a qui, per una d'aquelles coses tan estranyes que tenen a vegades els nens, li deien Cap Pelat.

A en Cap Pelat no hi havia manera de convèncer-lo que allò que calia era caçar animals vius.

–Doncs a mi –deia– si em deixeu la rata de claveguera per a mi tot sol, en un dir moment, us la porto més fresca que un rave, d'un cop de roc!

–No siguis carquinyoli, Cap Pelat! –el renyava en Manelitus–. Tens tant de cabell al cap que no hi ha manera que t'hi entri que allò que volem és una rata viva.

–Ui! Si n'he mortes, jo, de rates! –deia, impertorbable, el Cap Pelat.

–Deixa'l estar aquest, Manelitus –deia un altre–. I pensem en una bona trampa per a caçar la rata.

–Jo tinc una idea... –començava un.

–Vinga! –l'animava en Manelitus.

–Doncs, baixem a la claveguera i hi deixem un plat ple d'allò que serveix per a adormir les persones, en les operacions. Llavors, les rates s'ho beuran i s'adormiran. Al cap d'una estona, baixem nosaltres, agafem la rata que ens agradi més, i ja està!

—Mira que senzill! —va dir en Manelitus, en to burleta.

—I si hi poséssim salfumant? —va proposar en Cap Pelat.

Amb en Cap Pelat no hi havia manera.

Com hem dit, en Tanet havia de passar molt sovint per la secció de caceres a posar pau... o a clavar-los algun escàndol. Com en aquesta ocasió.

—Ja hi tornem, amb les rates? —els va escridassar—. Heu de pensar la manera d'aconseguir trenta-set animals, com a mínim, i us passeu l'estona discutint de rates de claveguera!

—Tanet —va dir en Cap Pelat—. Jo crec que el millor és el salfumant. Una mica de salfumant, i res, rata morta!

—Què diu aquest? —va preguntar en Tanet al cap de la secció.

—Es que té la mania de carregar-se tots els animals. El dia de l'exposició, l'haurem de lligar.

—Això no va ni amb rodes! —es queixava el president—. Si no feu més bondat, us posaré a tots a netejar el solar tot el dia!

—No, no! —va protestar els de la secció de caceres, espantats.

Això de passar-se tot el sant dia recollint escombraries no els feia cap gràcia.

—Doncs discutiu menys i feu més feina! —els va advertir en Tanet, tot enfadat—. Ah, i una altra cosa! Heu de pensar la manera de demanar algun dels animals, no tot han de ser caceres. I tal com aneu sempre, no us podeu presentar enlloc. Us heu de rentar i endreçar! Quan us vegin arribar la gent s'amagarà!

Els de la secció de caceres es van quedar capcots, aguantant el xàfec.

Quan el Tanet se'n va anar, en Manelitus es va posar dret, es va aclarir la veu i cridà:

—Vinga, tots a fer feina! A rumiar plans de cacera! —I dirigint-se al Cap Pelat, va dir—: I tu, com tornis a parlar de liquidar algun animal, t'envio a la Mariona, a fer cartells! Allà sabràs el que és bo.

I tots es van posar a rumiar.

Al cap d'una estona, en Cap Pelat va fer un crit, i s'alçà d'un bot.

—Quina pensada més bona que he tingut.

En Manelitus, escamnat, se'l va mirar i va preguntar:

—Qui et vols carregar, ara?

—No, no... he tingut una bona idea! —va tornar a repetir—. Una trampa per a caçar tigres!

En Cap Pelat va haver de fugir corrents, perseguit per un Manelitus enfurismat.

EL SENYOR SECRETARI

Després d'en Tanet, el nen que donava més voltes al solar, al cap del dia, era el senyor secretari: en Juli.

Amb una cartera sota el braç —que li havia deixat el

seu pare– en Juli anava d'una secció a l'altra, preguntant, tafanejant... i empipant.

La Mariona, la tenia ben fregida.

–Noia, quants cartells porteu fets?

–Una altra vegada tu? –es començava a enfadar la Mariona, en veure el secretari.

–Jo ho he d'apuntar tot, saps? –s'excusava el noi.

–Però, per això, no cal que vinguis cada cinc minuts.

–Bé, no t'enfadis, Mariona –deia en Juli i insistia–: Què, quants cartells?

–Torna demà! –li responia la directora de propaganda, tot tornant a la feina.

En Juli, tot remugant, anava a donar la llauna a una altra secció.

–Què, Manelitus, quants animals tenim, ja?

–Amb tu, set! I no molestis que tenim feina.

–És que jo he d'escriure coses... –es queixava el secretari.

–Doncs fes palots! –acabava la conversa, en Manelitus.

En Juli veia que, amb la secció de caceres, tampoc no hi havia res a fer.

Es dirigia, llavors, a la secció de gàbies, on tothom estava ocupat desfent barnilles d'uns quants paraigües que havien pogut arreplegar.

En Juli es plantava davant els que treballaven, obria la cartera, en treia un bloc i preguntava al Fleming:

–Senyor Fleming. Em faria el favor d'informar-me del nombre de barnilles que heu desmuntat?

El Fleming se'l mirava fixament, i responia:

—A tu et desmuntaré, d'un cop de paraigua! Per què no seus i reposes una estona? Deus estar molt cansat!...

El senyor secretari, gairebé plorant, va anar a queixar-se al senyor president.

—Tanet, jo plego! —li va dir, somicant—. A mi, ningú no em fa cas! Tots m'engeguen a pastar fang!

En Tanet va somriure i, agafant en Juli pel braç, se'l va emportar a un racó del solar, on no hi havia ningú.

El va fer seure sobre una pedra, i li va dir:

—Va, no t'amoïnis, Juli. El que passa, i no t'enfadis, és que t'ho has pres massa al peu de la lletra, això d'apuntar-ho tot. Mira, al final del matí passes a demanar l'informe a cada secció i ja està. No cal que hi vagis cada cinc minuts.

—I la resta del matí, què faig? —va remugar en Juli.

En Tanet va rumiar una mica.

—Saps què? —va dir, al cap d'un moment—. Farem un tauler d'anuncis i tu pots encarregar-te de posar-hi les noves més interessants.

—Sí? —va dir en Juli, tot content—. A casa tinc una pissarra molt grossa... et sembla que servirà?

—Sí, una pissarra pot servir —va acceptar en Tanet.

—I li diré al pare que em compri xinxetes... Torno de seguida!... M'hi deixes anar?

—Apa, vés-hi! —va respondre el president.

I el senyor secretari, fent un crit de pellroja, va marxar corrents a casa seva, a buscar el tauler d'anuncis.

LA PRIMERA CACERA

Un matí en Manelitus es va presentar a en Tanet i, tot orgullós, li va engegar:

—Senyor president, després de molt rumiar, la secció de caceres ha decidit començar a fer feina.

—Ja era hora! —va ser el comentari d'en Tanet.

—Oh, és que això de planejar caceres no és una cosa tan senzilla com sembla! —es va defensar en Manelitus.

—Ja ho sé, home, ja ho sé! —el va calmar en Tanet. I va preguntar—: I bé, quin animal heu decidit que sigui el primer?

—Hem decidit començar per un dels més difícils de caçar.

—No em diràs que heu decidit començar per la rata... —va dir en Tanet, enfadant-se.

—No, no... —el va tranquil·litzar en Manelitus—. El primer animal que caçarem serà la sargantana.

—La sargantana? —es va estranyar en Tanet—. I això és tan difícil?

—Ui, sí que ho és! —va respondre el cap de caceres—. Tu saps com corren les sargantanes? I com s'esmunyen?

—Sí, sí... Encara que no sigui de la secció de caceres, n'he caçades moltes, de sargantanes... —digué asprament el president.

Però, en veure la cara de llàstima d'en Manelitus, s'apressà a fer-lo content:

—Bé, bé. Per començar, no em sembla malament. Al

cap i a la fi, les sargantanes també són a la llista. Ja podeu anar per feina.

—Sí? —exclamà en Manelitus, tot content.

—Sí, home, sí.

Llavors, en Manelitus es va apropar una mica més a en Tanet, i amb veu solemne li va dir:

—President Tanet: en nom de la secció de caceres, et convido a assistir a la nostra primera cacera, perquè vegis com rutlla el nostre equip.

—Si això us ha de fer contents... —va acceptar la invitació, somrient, en Tanet.

—Doncs, som-hi! —va exclamar en Manelitus.

Els dos nois van anar cap al sector del solar on estava instal·lada la secció de caceres.

Pel camí, en Manelitus va explicar al president el magnífic pla que havien enginyat:

—Allà al mig, on hi ha tantes pedres, sempre és ple de sargantanes: n'hi ha a grapats! Doncs, veuràs: ens posarem en cercle, voltant les pedres, i avançarem, fent el cercle cada vegada més estret; així les sargantanes no es podran escapolir. Anirem traient pedres, amb els mocadors preparats, i a la primera sargantana que surti, zas! li tirem el mocador a sobre, i ja està caçada! D'aquesta manera caçarem una dotzena de sargantanes. Què te'n sembla, el nostre pla?

—Molt bo —va convenir en Tanet.

En arribar a la secció, tots els caçadors de sargantanes estaven preparats.

Tots portaven barret —deien que això de portar barret feia caçador– i un mocador penjat a la cintura. En Cap Pelat, ningú no sabia per què, portava també un sabre de fusta al cinturó.

En Manelitus s'apressà a cridar:

–Vinga, en marxa!

I tots van marxar cap a la terra de les sargantanes.

Però, en lloc d'anar-hi en línia recta, van fer una volta de manera que haguessin de passar pel mig de les altres seccions.

En veure els caçadors, tots els nens i les nenes els feien adéu.

Al final, van arribar al munt de pedres.

Llavors, es van col·locar cadascun al seu lloc, i va començar la cacera.

En Manelitus dirigia l'operació, amb veu ferma:

–Toni, una mica més a l'esquerra! Tu, Cap Pelat, vés amb compte amb les pedres: no facis un nyanyo a algú! Tecla, vigila bé, que per aquí sol haver-hi sargantanes a grapats!

En Tanet, una mica apartat, mirava atentament el desenvolupament de les operacions.

Al cap de deu minuts, els de la comissió de caceres estaven suats de cap a peus, havien deixat el terreny net de pedres, i l'única cosa que havien trobat eren formigues.

Els caçadors estaven d'allò més desanimats.

En Tanet s'hi va apropar.

–N'esteu segurs, que per aquí hi ha sargantanes?

–Oh, bé n'hi havia... –s'excusà en Manelitus.

—Jo, una vegada, n'hi vaig veure una... —va dir un altre.

En Tanet va moure el cap, no gens convençut.

—Mireu. El vostre pla està molt bé. Però a mi em sembla que no n'hi ha prou a traçar un bon pla per a caçar sargantanes, el principal és anar a un lloc on n'hi hagi...

—Sí, és clar... —van convenir els caçadors, capcots.

—I el millor lloc, em sembla a mi —va continuar en Tanet—, és al voltant de la tàpia: tothom sap que les sargantanes necessiten paret per enfilar-se.

—És clar! Té raó en Tanet! Sí, sí! —van exclamar tots alhora.

En Manelitus es va animar un altre cop.

—Caçadors! Seguiu-me!

I van marxar tots corrents cap a la tàpia que voltava el solar.

En arribar-hi hi va haver un aldarull de crits: sobre la tàpia hi havia grapats de sargantanes prenent el sol.

Amb cosa d'un parell de minuts, ja en tenien una dotzena al sac.

CARTELLS I MÉS CARTELLS

Els de la secció de propaganda treballaven de debò, fent cartells i més cartells. En feien falta tants...

S'havien de posar a totes les botigues dels entorns, a la parròquia, a les parades de cacauets i llaminadures...

N'hi havia de moltes menes, de cartells.

Uns deien, solament:

i tenien forma de fletxa.

També n'havien fet uns de més petits, per posar a les paradetes de cacauets, on hi havia solament un animal dibuixat: un conill, un grill, un ànec... i una sola frase:

I uns altres, els més bonics:

i aquests tenien tot d'animals, molt ben dibuixats, a l'entorn de les lletres.

Quan faltaven dues setmanes per a la gran diada, els cartells ja estaven tots acabats.

Els mateixos nens i nenes de la secció de propaganda els repartien. L'èxit va ser gros de debò.

Totes les persones grans estaven meravellades de l'enginy de la canalla del barri, i allò que a alguns els havia semblat que seria una cosa de per riure, es va demostrar que era una cosa molt seriosa.

Quan van tenir tots els cartells col·locats, ja no van ser els nens els únics a esperar amb delit el diumenge del zoo. També els grans van començar a comptar els dies que faltaven per al gran esdeveniment.

LA TERRIBLE CACERA DE LA RATA DE CLAVEGUERA

Els de la secció de caceres feia cinc dies que havien decidit de caçar la rata de claveguera... però el més calent era a l'aigüera.

I és que això de baixar a la claveguera feia tan poca gràcia als caçadors!

—Si la poguéssim caçar des del carrer, amb una canya de pescar... —s'exclamava un.

Però, és clar, això era fer trampa.

Finalment, els de la secció de caceres van fer el cor

fort –quin remei quedava!–, es van posar els barrets de caçador i van anar cap a la claveguera més propera.

Però, vet aquí que abans d'arribar-hi, van veure un nen que venia cap a ells, corrent com un esperitat: era el fill del forner, un noi que per motiu li deien Llonguet.

–Correu, correu! –cridava ja, d'un tros lluny, en Llonguet–. A casa! a casa!

Quan va arribar al costat dels caçadors, encara repetia:

–Correu! A casa!

–Sí, home. A casa teva fan llonguets, ja ho sabem –va dir la Tecla.

–No, no...

–Ah, ja no en feu? –va preguntar la noia, tota estranyada.

–Sí, sí!...

El pobre Llonguet no podia parlar, a causa de la corredissa.

–A veure si t'aclareixes! –va exclamar en Manelitus.

En Llonguet va respirar uns quants cops i va dir, d'una tirada:

–A casa ha entrat una rata de claveguera així de grossa!

I el forneret va indicar amb les mans la mida d'un conill dels grossos.

–Una rata de claveguera! –van exclamar tots.

I ja arrencaven a córrer.

–Ep, nois, calma! –els va aturar en Manelitus–. Abans n'hem de planejar la captura.

—Però, i si mentrestant se'ns escapa la rata? —preguntà un.

—No hi ha por —va dir en Llonguet—. Ha entrat a la cambra dels encenalls i la fusta, i no en sortirà fàcilment.

I en Manelitus va continuar:

—Heu de pensar que si cacem la rata, ens estalviem de baixar a la claveguera. Hem de traçar un pla perfecte.

Aquesta raó va convèncer els caçadors.

Encara que en Cap Pelat va haver d'afegir:

—No hi pensis més, Manelitus. Aquesta rata ja ha begut oli!

Una vegada endegat el pla perfecte, tota la colla va entrar a la fleca, procurant de no ser vistos per la mestressa de la casa, i guiats per en Llonguet.

Van travessar el pastador, i el forneret els va conduir fins a un pati interior. A un cantó d'aquest pati hi havia l'habitació dels encenalls i la llenya: a dins hi havia la rata de claveguera.

—És aquí dins —va dir en Llonguet, en veu baixa.

Els caçadors van mirar la porta, plens d'emoció.

En Manelitus va començar a donar ordres:

—Llonguet, porta unes quantes fustes llargues! Tu, Ritus, i tu, Cap Pelat, us quedareu a la porta, aguantant el sac.

—Jo no vull aguantar el sac! —protestà en Cap Pelat—. Jo vull caçar la rata!

—Res, ni pensar-hi! —va refusar, inflexible, en Manelitus—. Encara ens la faries malbé. A aguantar el sac!

En Llonguet va tornar amb les fustes, i en Manelitus les va distribuir entre la colla.

Tot estava preparat per a començar la gran cacera.

El cap de la secció va engegar, llavors, un petit discurs:

—Companys! Ha arribat l'hora de la veritat! Estem davant la prova definitiva. Si en sortim triomfadors, demostrarem al barri el que val la secció de caceres. Endavant!

I tots, menys en Llonguet, en Cap Pelat i en Ritus, que era el més petit de la colla, van entrar al cau de la fera.

A dins la cambra dels encenalls i la fusta tot era silenci: no se sentia ni una rata.

En Manelitus va ordenar:

—Vosaltres remenareu per aquell pilot de fusta, i vosaltres per entre els encenalls. I tu i tu estareu a l'aguait, al costat de la porta, per tal que, quan passi la rata, l'obligueu a ficar-se dins el sac parat. Però, aneu amb compte a fer-li mal. Ens cal una rata en bon estat.

I va començar la cacera.

Els caçadors burxaven amb les fustes pertot arreu.

Però la rata no sortia per enlloc.

I ells vinga a burxar per entre els encenalls i la llenya.

Però res.

Algú va remugar:

—Aquest Llonguet ens ha ensarronat, ja ho veureu...

Però en Manelitus, més experimentat en aquests afers de caçar rates de claveguera, el va reptar:

—No comencis a rondinar! Et penses que caçar una rata de claveguera és bufar i fer ampolles? Si et sembla, la rata es posarà davant teu i et dirà: vinga, agafa'm.

I va continuar:

—Apa, no ens desanimem! Tots a burxar!

Quan tots ja començaven a estar tips de tant burxar, la Tecla, que s'havia enfilat dalt d'una pila de llenya, va fer un crit:

—Ai! És aquí! Darrere aquest pilot de fusta! La sento xisclar! Escolteu!

Tots els caçadors van escoltar amb atenció.

Van sentir uns xisclets, darrere la llenya.

Tres o quatre caçadors, llançant crits de pellroja, es van enfilar de pressa per la pila de llenya, amb els pals enlaire.

Però el pilot, amb tant de pes, es va començar a moure, inclinant-se perillosament.

Tots van fer:

—Ai!

I el munt de llenya, amb un gran terrabastall, va caure sobre els encenalls.

S'armà un enrenou de mil dimonis, entre els caçadors, la llenya, els encenalls... i la rata, que, esverada, saltava per sobre de la pila del greix.

Un dels nois va voler caçar la rata al vol, amb la fusta, i va fer un nyanyo a en Manelitus, que va quedar fora de combat. Ara, els caçadors no tenien cap, i allò va ser un campi qui pugui.

La Tecla va aconseguir agafar la rata per la cua i,

molt experimentada en aquests casos, començà a girar, amb el braç estès, per tal d'atabalar la rata. Però l'animal se li va escapar dels dits i va anar a parar al cap d'un dels caçadors, que, de la impressió, es va marejar.

En Cap Pelat, en sentir tot aquell desori, no va poder resistir la temptació d'intervenir en la cacera.

Deixant en Ritus sol, amb el sac, va entrar a l'habitació.

En aquell moment, però, la rata es va alliberar dels seus enemics i corria cap a la porta de sortida, com esperitada.

Quan en Cap Pelat va veure que la rata anava cap a ell, esverada, va girar cua i arrencà a córrer cap a la porta, on en Ritus, de genolls, aguantava el sac.

El fugitiu va fer un salt magnífic, va passar per damunt en Ritus i el seu sac, va aterrar sobre en Llonguet i tots dos van rodolar per terra.

Darrere seu, la rata de claveguera, sense saber què es feia, es va ficar dins el sac.

En Ritus va començar a cridar.

—Ja la tinc! Ja la tinc!

Un a un, els caçadors, plens de nafres però contents, van sortir de la cambra dels encenalls i la llenya.

—Visca! Visca! —van cridar.

En Manelitus, sense perdre temps, va agafar la gàbia que els havien fet els de la secció del Fleming, la va obrir i la va deixar a terra.

Llavors, amb l'ajuda d'en Cap Pelat, va fer entrar la rata dins la ratera i va tancar la portella.

Tots estaven ajupits al voltant de la gàbia, contemplant l'animal caçat amb tantes penes i fatigues, quan va entrar al pati la fornera.

–Què és aquest terrabastall?

En Llonguet, en sentir-la, tot content va agafar la ratera i la va portar corrents a la seva mare.

–Mira, mira, mare!

La fornera, en veure ran de nas la rata, va deixar anar un xiscle, esparverada.

Però de seguida va reaccionar, i, agafant una escombra, va perseguir els caçadors i també el seu fill fins al carrer, a cops d'escombra.

GÀBIES PER A ANIMALS PETITS

Van passejar la rata de claveguera per tot el solar, davant l'admiració d'alguns nens i la basarda d'altres.

En Juli s'apressà a escriure la gran notícia al tauler d'anuncis:

AVUI,
ELS DE LA SECCIÓ DE CACERES,
DESPRÉS DE MOLTS PERILLS I FATIGUES,
HAN CAÇAT UNA RATA DE CLAVEGUERA!
VISCA!

Al solar, una vegada calmada l'agitació produïda per la passejada de la rata, tothom va tornar a la feina.

Al racó on treballaven els de la secció de gàbies, el Fleming i els seus se n'empescaven tota mena de models. És clar, cada animal havia de tenir una gàbia a la mida, i hi havia animals de tantes mides!

Una cosa que els va fer rumiar molt va ser on posarien les bèsties petites: sargantanes, escarabats, grills...

Per a aquests animals, les gàbies amb barrots de barnilles de paraigua no servien.

El descobridor de les gàbies per als animals petitets va ser en Cigró.

En Cigró, per rumiar, havia de passejar: no podia estar assegut com els altres... I un dia, tot rumiant, va passar per la secció de propaganda.

De sobte es va aturar i va clavar la mirada sobre una de les tauletes, on una nena molt rossa dibuixava un cartell. Damunt de la tauleta hi havia una capsa de plàstic transparent.

A en Cigró se li va encendre una bombeta dins el cap: havia trobat la gàbia per als animals petits!

Sense pensar-s'ho gens ni mica va agafar la capsa de plàstic, la va buidar sobre la tauleta i va arrencar a córrer cap a la secció cridant com un desesperat:

–Ja la tinc! Ja la tinc!

La nena rossa l'empaitava, plorant.

En arribar davant del Fleming, en Cigró li va ensenyar la capsa cridant:

–Fleming! La gàbia de sargantanes!

La mestressa de la capsa va arribar de seguida i, amb grans plors, va reclamar el que era seu:

–És meva! És meva!

El Fleming va agafar la capsa i va intentar de calmar la nena:

–Va, no ploris, nena. No tinguis por, que no te la trencarem.

I es va mirar la capsa per tots cantons.

–Amb uns foradets aquí... i aquí –explicava en Cigró.

El Fleming va trigar una mica a donar la seva opinió.

—És una bona idea —va començar el cap de la secció—, però...

I mirant-se en Cigró li va preguntar:

—Has provat mai de fer un forat en una capsa de plàstic? Es trenquen de seguida...

En Cigró es va desanimar de cop.

—Oh! —va fer decebut.

Però el Fleming va somriure:

—Hi ha una manera, però... —digué.

—Sí? —a en Cigró li van tornar a brillar els ulls.

—Sí —va confirmar el Fleming—. Amb un ferro roent. És una mica complicat, però... podem fer-ho!

I a la nena, que encara plorava, la va tranquil·litzar, tot fent-se el simpàtic:

—Mira, bonica. Ara parlarem amb en Tanet perquè ens deixi fer una crida, per demanar més capses com aquesta. Si els altres ens donen les seves capses, ens donaràs tu la teva? Pensa que hem de fer el possible, entre tots, perquè el zoo quedi ben bonic.

—Si és així... —va murmurar ella, eixugant-se les llàgrimes.

Van anar tots a veure en Tanet, que va accedir a fer la crida.

En Juli va tocar la trompeta ben fort. Tothom sabia que això volia dir reunió general al mig del solar.

Quan tots van estar reunits a l'entorn d'en Juli, el secretari va dir:

—Escolteu tots. Per a fer gàbies per als animals petits, ens calen capses com aquesta, de plàstic transparent. Demanem, per favor, que tots aquells que en tinguin les donin a la secció de gàbies. Tot sigui pel zoo d'en Pitus!

—Jo en tinc una! —va cridar un nen.

—Jo també! —va cridar una nena.

—I jo! I jo! —van cridar molts, alhora.

—Doncs els qui en tinguin, tenen permís per anar a casa a buscar-les!

Una bona colla de nens i nenes van marxar corrents, i, un quart més tard, la secció de gàbies tenia disset capses per a fer-ne gàbies per als animals petitets.

LA GRAN EXCURSIÓ

FALTEN POCS DIES PER A LA GRAN EXCURSIÓ

Un dilluns, a mig matí, la trompeta d'en Juli va sonar molt fort.

Quan tots els nens i les nenes van ser al mig del solar, van quedar sorpresos. El que se'ls havia de dir devia ser molt important, perquè qui anava a parlar era en Tanet, el president.

—Escolteu bé —va començar en Tanet—. Diumenge vinent hi ha l'excursió que cada any fa la Penya. Caldria que hi anéssim tots, perquè hem d'aprofitar aquesta ocasió per a caçar els animals que no podem trobar aquí, a la ciutat: llagostes, ocells, el conill de bosc... Molts de vosaltres hi aneu amb els vostres pares... Ara bé, tots aquells nens i nenes que no hi estan apuntats, haurien de mirar de convèncer els seus pares perquè els hi deixin anar amb els pares d'algun veí. Hem parlat amb els de la Penya i diuen que hi cabem tots. Diumenge caçarem tots: tots serem de la secció de caceres!

–Visca! Visca! –van cridar tots a cor.

Feta la crida, en Tanet va reunir els caps de les seccions. Els va dir:

–He pensat que hauríem de telefonar al senyor Pujades. Ell ens podrà guiar sobre la manera de caçar cada animal de muntanya. Hi esteu d'acord?

Tots hi van estar d'acord, i van marxar cap al Bar Cisquet, on l'amo, quan es tractava d'alguna qüestió del zoo, sempre els deixava telefonar de franc.

–Què diuen els nois més ferms de tot Barcelona? Com va el zoo?

–Molt bé, senyor Cisquet –contestà en Tanet–. Que ens deixaria telefonar? És per a un tema del zoo, sap?

–Només faltaria! –va respondre l'home–. Ja podeu anar tots a la gàbia.

La gàbia era, és clar, la cabina telefònica.

Tota la colla –la Mariona, el Fleming, en Cigró, en Manelitus i en Juli–, amb en Tanet al davant, van entrar a la cabina, on amb prou feines cabien.

En Tanet, enfilat dalt d'un tamboret, va marcar amb molta cura el número de telèfon del zoòleg.

Va esperar una estona.

Al cap d'un moment va sentir a l'altre cap del fil la veu del senyor Pujades:

–Bon dia! Digui?

—Bon dia! Sóc en Tanet, jo, senyor Pujades...

—Ah, hola Tanet! Com estàs? —va preguntar alegrement el zoòleg.

—Doncs, bé... i vostè?

—També estic bé, gràcies a Déu! I què, com va el zoo? Endavant?

—Sí senyor, va endavant.

—Doncs, tu diràs... —va fer el senyor Pujades.

—Veurà... és que resulta que diumenge vinent anem tots a fora, d'excursió, en autocar. I aprofitarem l'ocasió per a caçar els animals de muntanya, sap? I voldria que vostè ens ensenyés la manera millor de caçar cada animal... Si pogués venir algun dia d'aquesta setmana...

—Ah! Això que em dius és molt interessant! —va exclamar el senyor Pujades–. Però, no teniu una secció de caceres? No s'enfadaran els vostres caçadors, si m'hi fico jo?

–Ah, no! –va respondre, ràpidament, en Tanet–. Els de la nostra secció de caceres solament saben caçar animals de ciutat, sap? A més, diumenge vinent tots serem de la secció de caceres: caçarem tots, sap? Això de caçar a tothom li agrada.

–És una gran pensada! De debò!

El senyor Pujades va fer una pausa. Finalment va dir:

–Escolta, Tanet. Vull fer-te una proposta. A veure què et sembla.

–Digui, digui!

–Si no teniu cap inconvenient, diumenge vinent vindré amb vosaltres a ajudar-vos a caçar. Et sembla bé?

En Tanet va fer un crit d'alegria. Els seus companys, en sentir-lo, el van estirar pels pantalons, preguntant encuriosits:

–Què passa? Què t'ha dit el senyor Pujades?

–Deixeu-me estar! –va dir en Tanet–. Ja us ho explicaré després.

I parlant altra vegada al telèfon:

–Ho trobo fantàstic, senyor Pujades!

–Bé, doncs –continuà el zoòleg– diumenge portaré tots els estris que calguin per a caçar animals de muntanya. Ja veuràs quants en caçarem!

–Oh, que bé!

Els altres, impacients, tot era estirar els pantalons d'en Tanet.

El senyor Pujades va dir al final:

–Bé, Tanet. Un dia d'aquesta setmana ja passaré pel solar i acabarem de concretar, eh?

–Molt bé, senyor Pujades –va respondre en Tanet.

–Fins molt aviat, doncs! –es va acomiadar el zoòleg.

–Fins aviat! –va dir, al seu torn, el noi–. Ah, i moltes gràcies!

I el zoòleg va penjar l'auricular.

Quan en Tanet va baixar del tamboret, els de la seva colla el van envoltar, preguntant, impacients:

–Què t'ha dit? Què t'ha dit?

–Que el diumenge vindrà amb nosaltres, i que portarà tots els estris per a caçar animals de muntanya!

–Visca el... el daixonses... el... –va començar a cridar en Manelitus.

–El senyor zoòleg –li va aclarir en Tanet.

–Ah, sí! Visca el senyor zoòleg! –va poder, per fi, en Manelitus, tot entusiasmat.

–Visca! Visca! –van corejar tots.

I se'n van anar corrents a portar la magnífica notícia als del solar.

UNA MALETA PLENA DE COSES PER A CAÇAR ANIMALS DE MUNTANYA

El dissabte abans del dia de la gran excursió, els nens i les nenes havien començat, com cada dia, a treballar cadascun en allò que li pertocava, però... estaven massa excitats pensant en l'excursió de l'endemà.

Els dibuixants de la Mariona havien esguerrat una colla de cartells, els de les gàbies tot era posar els barrots torts, i els de la comissió de caceres es van dedicar a empaitar els gossos del barri, amb l'excusa que feien pràctiques per a caçar guineus.

Quan en Juli, el secretari, va informar en Tanet de com anaven les coses, el president va decidir que era millor donar-los festa.

Tots, però, es van quedar al solar. Esperaven una visita molt important: el senyor Pujades, el zoòleg, havia promès passar aquell matí per ensenyar-los a caçar animals de muntanya. Quan el senyor Pujades es va presentar al solar, aviat el va envoltar una munió de nens i nenes, que miraven encuriosits la grossa maleta que havia dut el zoòleg.

—Hola, treballadors! —va saludar—. Aquí us porto tot el que cal per a caçar un munt d'animals feréstecs!

I es va disposar a obrir la maleta.

Però en Tanet el va aturar:

—Un moment, senyor Pujades. Organitzem una mica això, perquè si no se'ls trobarà tots a sobre.

I adreçant-se al secretari li va manar:

—Juli, vés a buscar els empaitagossos. Que vinguin de seguida!

Després, ajudat per la Mariona, el Fleming i en Cigró, va fer asseure tots els petits en cercle.

Encara no estaven tots asseguts, quan van arribar els

de la comissió de caceres, tots suats, discutint amb en Juli.

En Cap Pelat deia:

–Doncs jo crec que el Llop ens aniria molt bé per a caçar conills!

–Ja saps que l'únic gos que ens emportarem serà el Menut –li va recordar en Juli.

Com sempre, va haver d'intervenir en Tanet:

–Què passa, ara?

–Aquest animal, que havia lligat el Llop amb una corda –va respondre en Juli–. Si l'arriba a veure el seu amo, el carboner, se'l menja!

–Que ho provi! –va dir en Cap Pelat, tot traient pit.

–Vinga! –manà en Tanet–. Deixeu-vos de Llops, ara, i tots a seure.

En Manelitus, en veure el senyor zoòleg, va anar tot content a saludar-lo:

–Hola, senyor Baixades.

–Pujades, Manelitus. A veure si t'ho apuntes –el va corregir el zoòleg, somrient. I va preguntar al cap de caceres–: Què, esteu ben preparats per a demà?

–En plena forma! –va respondre en Manelitus.

Un cop asseguts tots a terra, el senyor Pujades, amb molta parsimònia, va posar la gran maleta sobre una de les tauletes dels dibuixants de cartells.

Tothom es va aguantar l'alè.

Per fi, el zoòleg va obrir la maleta i en va treure tot de coses estrambòtiques que va anar posant sobre una altra tauleta: ampolles grans i petites, amb líquids de colors, cordills de niló, una gran capsa amb xiulets, pastanagues, unes coses que semblaven coladors de cafè, però més grans...

En Manelitus va haver de ficar-hi cullerada:

—Aquests coladors de cafè tenen els forats massa grossos...

En Cigró, que estava al seu costat, li va aclarir:

—No siguis totxo, Manelitus. Aquests coladors, com tu dius, són per a caçar...

—Per a caçar què? —va voler saber en Manelitus.

—Ja ho veuràs demà! —va respondre en Cigró, deixant el cap de caceres amb un pam de nas.

Tothom, fent molt xivarri, hi deia la seva, intentant endevinar per a què servia cada objecte.

En Tanet va cridar:

—Silenci!

I el senyor Pujades va començar a explicar com havien de caçar cada animal de muntanya.

TOTS CAP AL BRULL

Aquell diumenge al matí, el carrer Llarg del barri feia goig de veure: una renglera d'autocars —nou en total— ocupaven tota la calçada.

Eren les set del matí. Però tot i ser tan d'hora, tots els nens i les nenes del barri ja estaven asseguts als autocars. A cap d'ells no se li havien enganxat els llençols, aquell matí.

Però en Tanet i els seus ajudants no estaven gens tranquils: faltava un quart d'hora per a la sortida i el senyor Pujades encara no havia arribat.

El senyor Martí, que era el qui manava més de l'excursió, es va apropar a en Tanet i els seus companys:

–Nois –va dir–, si aquest senyor no arriba aviat, es quedarà a Barcelona. Hem de sortir puntuals: ho diu el programa de l'excursió.

–I no podem sortir una mica més tard? –va preguntar, tot preocupat, en Tanet.

–Sortir més tard, dius? –va dir el cap de la caravana–. No pot pas ser! No veus que el programa diu que hem de sortir a un quart de vuit en punt?

–També el programa del festival deia que començaria a les cinc i d'una mica més ens surt barba... –va comentar en Cigró.

–No és el mateix! –va dir el senyor Martí, una mica molest, ja que havia format part de la comissió del festival.

Les set i deu i el zoòleg sense venir!

El senyor Martí va fer un gran crit:

–Tots amunt!

Els nois, tots tristos, van pujar a l'autocar que portava el número set.

L'autocar de davant de tot va arrencar. I de seguida el segon. I després el tercer.

Quan s'engegava l'autocar que portava el número quatre, va entrar al carrer un taxi, corrent a gran velocitat.

Es va parar en sec, fent un gran soroll.

Els nens i les nenes, abocats a les finestres dels autocars que quedaven, van començar a cridar molt contents.

Un home vestit d'una manera tota estrafolària havia sortit, esverat, del taxi: era el senyor Pujades.

Portava un salacot (un barret d'explorador), camisa de color caqui, un fulard al coll, ganivet al cinturó, pantalons curts –però que li arribaven més avall dels genolls–, mitjons de llana, amb ratlles grogues, vermelles i verdes, i uns grans sabatots.

Va desembarcar una motxilla immensa, del taxi.

–Visca! Visca! Ja ha arribat –van cridar els nens i les nenes.

El zoòleg, tot despistat, mirava amunt i avall, perquè no sabia a quin autocar havia de pujar.

Però els nens i les nenes l'ajudaren.

–Al set! A l'autocar número set! –van cridar.

I en Tanet, des de l'autocar número set el cridà:

–Senyor Pujades, aquí! En aquest autocar!

El senyor Pujades es va carregar l'enorme motxilla i, corrents, hi va pujar.

Mentre, els autocars de darrere van començar a fer sonar la botzina, impacients.

La caravana d'autocars va travessar Barcelona.

Els nens i les nenes, des de les finestretes, deien adéu a la gent que passava pels carrers.

La caravana va enfilar la carretera de Granollers, cap al Brull, on els excursionistes havien de passar el diumenge, i on els nens i les nenes del barri havien de capturar un munt d'animals.

BAR CISQU
TAPES
LA COLLA

PARADA I FONDA...
I REUNIÓ GENERAL

El viatge va ser emocionant de debò per als petits caçadors, poc acostumats com estaven als arbres, les muntanyes, els rius... Ells, l'únic paisatge que coneixien era el de la ciutat: cases i més cases...!

A través de les finestretes dels autocars, quina desfilada de paisatges bonics! Sant Llorenç del Munt, els cingles de Bertí, Montserrat al lluny, i el Montseny, cada vegada més a prop.

Poc abans de les nou van arribar al Brull.

Tothom sabia de memòria quin era el programa: a les 9, esmorzar, fins a les 10. A les 10..., a les 10 en punt començava la gran cacera!

Mentre esmorzaven, tots els petits tenien el pensament en una sola cosa: que arribessin les deu.

I, és clar, com que tot arriba en aquest món, al final, les campanes de l'església del Brull van començar a tocar les deu campanades.

Abans que sonés la que feia deu, tots els nens i les nenes ja estaven a l'entorn dels que havien de dirigir les caceres: el senyor Pujades, en Tanet, el Fleming, en Manelitus i la resta de la secció de caceres.

Hi havia, com és natural, molt de xivarri.

Però quan en Tanet es va enfilar dalt d'un petit terraplè, el xivarri va anar minvant fins a fer-se un gran silenci.

En Tanet va començar:

—Escolteu! Ara de seguida començarà la gran cacera d'animals de muntanya. Cadascun de vosaltres ja sap a quin grup de cacera ha d'anar. Sobretot, heu de creure i de fer allò que us digui el vostre cap. Feu bondat i no jugueu: avui hem vingut a treballar!

En Tanet va parar un moment, per agafar alè.

Les persones grans s'havien apropat al grup de nens. Estaven també un xic nervioses... i també una mica tristes: a més d'un d'ells li hauria agradat posar-se a caçar papallones, ocells, conills de bosc...

Però la cacera estava reservada als petits. L'única persona gran que podia intervenir-hi era el senyor Pujades, el zoòleg.

Una vegada recuperat l'alè, en Tanet va continuar:

—Bé. Ara caçarem fins a la una, o sigui, durant tres ho-

res. I a la tarda, entre tots, caçarem els animals que no hàgim pogut caçar al matí. Endavant, doncs, i bona feina!

–A caçar! A caçar! –van cridar tots.

No havien passat més de deu minuts, que cada colla s'encaminava ja cap a una direcció diferent, amb tots els estris i gàbies necessaris.

La cacera d'animals de muntanya havia començat.

ELS PETITS CACEN PAPALLONES I LLAGOSTES

En Cap Pelat estava molt enfadat. L'havien fet cap de cacera... Però, per a caçar papallones i llagostes! Ell, que era el terror de les rates del barri!

Tenia al seu càrrec tots els nens i les nenes més petits –cap d'ells no arribava als vuit anys. I, a més, li havien posat una supervisora: la Mariona.

En fer-se els grups, el senyor Pujades va dir que les papallones i les llagostes eren molt indicades perquè les cacessin els més menuts... però que aquesta era una caça molt distreta i hi havia el perill que, tot caçant, caçant, els petits es perdessin.

Per aquesta raó van nomenar una persona de seny com la Mariona per a vigilar els menuts... i de passada en Cap Pelat.

Els petits caçaires, amb capses de plàstic i aquelles coses que semblaven coladors de cafè i que eren xarxes caçapapallones, van tirar per un corriol tot voltat de mates: el terreny ideal, segons el senyor zoòleg, per a trobar papallones i llagostes.

El noi, però, no es es va poder estar de figurar-se que anaven a caçar animals ben grossos: tigres, per exemple. Perquè va engegar als del seu grup:

—Escolteu tots bé, si us trobeu en perill davant d'alguna fera feu un crit i vindré, volant, a salvar-vos!

La Mariona, movent el cap, volent dir: «Amb aquest no hi ha res a fer!», va recomanar als petits que no s'allunyessin massa.

Aviat tots estaven enfeinats empaitant papallones i llagostes.

De llagostes grises i de papallones blanques, en trobaren un munt.

Però un nen i una nena havien vist una llagosta de color verd, més grossa que les grises i se'ls havia escapat. Calia capturar-ne una d'aquestes.

I de les papallones de colors, ni rastre...

Així, uns mirant per terra i els altres mirant enlaire, va passar més d'una hora.

LES PERIPÈCIES I EL TRIOMF D'EN CAP PELAT

Estaven ja força cansats i desanimats, quan una de les nenes va fer un crit:

—Una papallona de colors! Oh, que bonica!

Tots van córrer cap on era la nena, preguntant:

—On és? On és?

En Cap Pelat, que s'havia enfilat dalt d'un turó, va ser l'últim d'arribar-hi.

La nena que havia descobert la papallona de colors li va dir, baixet:

—Mira, Cap Pelat. Allà, sobre aquella branca! L'he descoberta jo!

Era una papallona molt gran, bonica de debò.

En Cap Pelat va dir:

—Aquesta deixeu-la per a mi!

I agafant ben fort la xarxa, va apuntar amb el braç, va fer un salt, ensopegà amb una soca d'arbre... i va caure tan llarg com era sobre uns esbarzers... mentre la papallona de colors fugia tranquil·lament.

La feina que hi va haver per a treure en Cap Pelat de dins l'esbarzer!

Quan, finalment, el cap del grup va deslliurar-se de les punxes, feia pena de veure, de tan esgarrinxat!

La nena que havia descobert la papallona, mentrestant, l'havia seguit en el seu vol i, ara, d'un tros lluny, cridà, procurant no alçar massa la veu, per por d'espantar-la:

—Ei! És aquí, en aquest arbre!

Tot el grup va anar on era la nena.

Quan en Cap Pelat es disposava a fer una nova provatura, la Mariona va intervenir:

—No, Cap Pelat, que avui ja t'has fet prou mal.

I amb la seva xarxa, sense pensar-s'ho gens, es va acostar a l'arbre on s'havia aturat la papallona de colors.

Va apuntar un moment, i... zas!

—Visca! Visca!

Tots els nens i les nenes van saltar, contents, en veure aquella papallona tan bonica dins la xarxa de la Mariona.

En Cap Pelat, pobret, estava a punt de plorar de vergonya.

La llagosta verda va ser més difícil de caçar. Va passar molta estona abans no en trobessin una altra.

Però, al final, en una esplanada bastant gran que travessava el corriol, en van descobrir una.

Van rodejar-la perquè no s'escapés i, tots de genolls, es van preparar per a caçar-la.

Però, fillets! Aquella llagosta verda saltava com un dimoni!

Durant deu minuts llargs, tots, l'un darrere l'altre, de genolls, van donar cops de xarxa a terra, sense encertar-la.

Ja estaven tots que no podien dir fava, d'esgotats, quan la llagosta verda, es veu que cansada de fer-los patir, va fer un bot formidable... i es ficà tota sola dins la xarxa del més petit de la colla.

Aquesta vegada, als caçadors no els quedava alè per a dir visca!

Quan la Mariona va haver posat la llagosta dins una de les capses, tots es van estirar a terra, per descansar.

Al cap d'un moment, la Mariona es va aixecar, fins a quedar asseguda, i va mirar al seu voltant, estranyada:

–I en Cap Pelat? –va preguntar–. Nens, heu vist en Cap Pelat?

Ningú no havia vist el cap de la colla.

Es van posar a cridar:

–Cap Pelat! Cap Pelat!

I van parar l'orella.

Però, res.

–Cap Pelat! Cap Pelat!

Van tornar a parar l'orella.

Aquesta vegada van sentir-lo, força lluny:

–Ja vinc!

Al cap de poc, el noi arribava a l'esplanada.

Quan la Mariona anava a renyar-lo, en Cap Pelat li va preguntar:

–Mariona, escolta: podem caçar algun animal, que no siguin papallones o llagostes?

–Jo crec que sí... Per què?

–Espera i veuràs –va respondre el noi.

Es va endinsar al bosc, d'on havia vingut.

Tornà de seguida. A la mà duia una corda on hi havia lligada una cosa que es movia molt.

–Oh! –van fer tots.

El noi, tot orgullós, mostrava el que havia caçat.

En Cap Pelat havia capturat un esquirol... viu!

CAÇAR OCELLS AMB RECLAM

En Tanet i la Tecla eren els caps del grup que havia de caçar ocells.

Per a caçar ocells, el senyor Pujades els havia ensenyat un mètode científic de la caça al reclam.

El procediment, encara que molt científic, era senzill: s'escollia un arbre no gaire alt i s'untaven algunes branques d'una pega que enganxava molt.

Llavors, d'una col·lecció de xiulets que hi havia en un estoig, s'agafava el que xiulava com l'ocell que es volia caçar. Es feia sonar el xiulet fins que l'ocell responia a la crida i es posava sobre l'arbre. L'ocell saltava de branca en branca fins que s'hi enganxava. Llavors,

no calia sinó que un nen s'enfilés dalt de l'arbre, amb una gàbia, i fiqués l'ocell dins.

El senyor zoòleg havia dit que per aquells indrets es podien trobar fins a cinquanta-set menes d'ocells diferents, però si en podien caçar una vintena ja seria molt, perquè algunes de les espècies d'ocells eren molt rares de trobar.

Això que per allí hi havia fins a cinquanta-set ocells diferents, els ocellaires ho posaven molt en dubte; feia una hora llarga que caçaven i havien agafat dotze ocells: una merla i onze pardals.

I és que, toquessin el xiulet que toquessin, sempre venien pardals.

En Tanet i la Tecla ja n'estaven fins al capdamunt, de tants pardals.

En Tanet es va decidir a anar a veure el director tècnic de caceres.

Quan el va trobar li va exposar el problema dels pardals:

—Mira, Tanet —li explicà el senyor Pujades—. Per cada cadernera, hi ha cent pardals, i per cada rossinyol, cent caderneres. Heu de tenir paciència! A més, heu d'allunyar-vos una mica dels camins: als ocells més difícils de trobar no els agraden els llocs per on passen els homes.

—Bé, ho intentarem altre cop... —va acceptar en Tanet, resignat.

I se'n tornà cap on eren els de la seva colla.

Quan hi va arribar, els va aconsellar:

—Hem de tenir paciència, diu el senyor Pujades. I allunyar-nos dels camins. Apa, ara pujarem per aquella costa i caçarem ocells dalt d'aquell turó.

El lloc on van pujar —amb penes i treballs, ja que era molt amunt— els va donar sort.

Tocant el xiulet per a les caderneres, van caçar una garsa d'un pam i mig d'alta; i fent sonar el de les perdius, una cadernera de moltes coloraines.

Després d'haver-se tret del damunt més de dues dotzenes de pardals, van caçar tres ocells més, desconeguts per a ells, però que, més tard, el senyor zoòleg va identificar com una calàndria, un pinsà i un tord.

Van deixar el turó, i s'endinsaren en un bosc.

Hi havia un gran silenci; solament, de tant en tant, se sentien els xiulets dels nois.

Usant el mètode poc científic de fer sonar dos o tres xiulets alhora, van caçar uns quants ocells més... fins i tot una perdiu, tota grassoneta!

Al final del matí, i després de la dificultosa caça d'una oreneta, van tornar al campament amb disset ocells diferents i alguns de repetits. Podien estar ben satisfets!

CAÇAR CONILLS SENSE ESCOPETA

Quan van repartir-se els animals que havien de caçar, en Manelitus, com a cap de la secció de caceres, va escollir el més difícil: el conill de bosc.

A l'hora de la veritat, el que va manar va ser el senyor Pujades, ja que aquest va creure, amb molta raó, que, tot i la bona voluntat cap dels nois no aconseguiria atrapar un conill de bosc.

Entre els caçaconills, hi havia també el Fleming.

Aquest grup aprendria com n'era, de difícil, caçar conills sense escopeta!

Ah! Però si no usaven escopeta, en canvi tenien una arma secreta: el Menut, un gos gros com un vedell.

El pla, molt científic, com tots els que inventava el senyor Pujades, consistia a fer ensumar al quisso tots els forats on poguessin haver-hi conills. Quan el gos bordés davant d'un forat, seria senyal segur que dins hi havia un conill.

Llavors, davant el cau, es deixaven unes pastanagues, untades amb una substància que feia adormir els conills.

Per fer sortir l'animal del cau, el zoòleg havia dut una ampolleta d'essència de pastanaga. Es posaven unes gotes del líquid a l'entrada del cau, i el conill, en sentir l'olor d'allò que, per a ell, era una llaminadura, sortiria tot confiat...

Com podeu veure, era un pla de cacera científic del tot.

Però, la colla caçaconills no sabia que per allí rondava un gos borni, la qual cosa, com tothom sap, és senyal de mala sort.

El primer parany va ser un fracàs: així que el Menut havia flairat el primer conill, els nois s'havien apressat a deixar les pastanagues davant el cau.

El senyor Pujades havia llançat unes gotes d'essència de pastanaga a l'entrada del cau, i tots s'havien allunyat uns minuts.

Quan van tornar al cau... Oh, quina desgràcia!

Van trobar el Menut, al costat de les pastanagues, adormit com un soc.

No hi va haver manera de despertar el gos, així és que no els va quedar altre remei que deixar que el quisso dormís la migdiada, i continuar la cacera sense l'arma secreta.

No va acabar aquí la desgràcia.

Sense el gos, no els quedava altra solució que provar sort a tots els caus que trobessin.

Però, en el primer cau, quan el senyor Pujades anava a vessar les gotes d'essència de pastanaga a l'entrada, en Manelitus va esternudar:

–Aaaatxís!

I amb l'impuls va caure sobre el zoòleg, tots dos van anar per terra i l'ampolleta de l'essència de pastanaga es va trencar en mil bocins.

Tots es van haver de tapar el nas amb el mocador, de tan penetrant com era l'olor del líquid.

En aquell moment, es van sentir uns lladrucs: el gos borni, empaitant alguna bestiola, s'allunyava d'aquells entorns. S'havia acabat la mala sort dels caçadors!

Efectivament, en aquell moment, i a causa de la fortor de l'essència de pastanaga, van començar a sortir del cau una corrua d'animals, mig estabornits: grills, escorpins, un llangardaix, una rata de camp molt bufona...

Els caçadors no donaven l'abast! Renoi, quina arreplegada!

Però, de conill, no en va sortir cap.

I ara els caçadors es trobaven sense gos i sense essència de pastanaga!

EL FLEMING, UN NOI DE RECURSOS

El senyor Pujades, quan els animals capturats van ser dins les gàbies, va dir a la resta de la colla:

–Bé, malgrat la desgràcia, no ens podem queixar. Hem arreplegat una colla d'animals que no són gens fàcils de trobar. Però ens hem quedat sense conill...

–I no hi ha cap altra manera de caçar-ne un? –va preguntar en Manelitus.

—De maneres, n'hi ha moltes, Manelitus —va respondre el zoòleg—. Però no tenim els estris necessaris.

En Manelitus no es va donar per vençut:

—El Fleming trobarà la manera de caçar un conill, ja ho veurà!

L'al·ludit es va defensar:

—Ep, noi! És molt fàcil això de carregar el mort a un altre...

Però en Manelitus tenia molta confiança en el Fleming:

—Mira —li va proposar—, et deixarem sol una estona, i ja veuràs com te n'empescaràs una de bona!

—Oh, jo... —va dubtar el Fleming.

El senyor Pujades va intervenir:

—Per què no ho intentes, eh, Fleming? Provar-ho no costa gens.

—Bé. Ho intentaré —va convenir finalment el director de les gàbies.

I se n'anà un tros lluny, a pensar.

Els altres caçadors estaven una mica tristos: encara que confiaven en l'inventor de la colla, era un problema tan difícil això de trobar una bona manera de capturar un conill!

Però no havien passat ni cinc minuts que el Fleming ja tornava.

—Què? Què? —van preguntar tots, envoltant-lo.

—No sé si resultarà, però...

—Digues! Digues! —van fer tots, convençuts que el que digués el Fleming sí que resultaria.

—Doncs, en primer lloc, ens fa falta un conill de corral...

—El demanarem a la casa del Brull —va dir el zoòleg—. I una vegada tinguem el conill de corral, què?

—Llavors, li lligarem al coll una pastanaga i un petit micròfon que tinc a la motxilla. És un micròfon amb auriculars, sap?

—Ja tenim el conill amb la pastanaga i el micròfon al coll. Què més? —va preguntar el zoòleg.

—Fem entrar el conill de corral dins un cau. Em poso els auriculars, i escolto si hi ha algun altre conill a dins. Que no en sento cap? Doncs, busquem un altre cau... I així anem fent, fins que en trobem un amb conill...

—Bé —va dir el zoòleg—. I quan trobem un cau amb un conill de bosc, què?

—Llavors estirem el cordó del micròfon, i fem sortir el conill de corral. I darrere, empaitant la pastanaga, sortirà el conill de bosc: no falla!

El senyor Pujades es va quedar tot parat. Aquests mètodes infantils de caçar animals el deixaven perplex. Però finalment va resoldre:

—No costa gens provar-ho...

Els senyors de la casa del Brull no van tenir cap inconvenient a deixar un conill del seu corral. El senyor Pujades en trià un que feia cara d'espavilat.

I el Fleming va anar a buscar el micròfon al campament.

Quan ho van tenir tot preparat, van anar a buscar un cau.

En van trobar un de seguida.

Llavors, van guarnir el conill de corral amb la pastanaga i el micròfon i així, ben carregadet, en Manelitus el va deixar a l'entrada del cau, tot dient-li:

—Apa, bonic, bon viatge. I no et perdis...

El conill de corral es mirà el noi amb desconfiança, va dubtar una mica i, al final, fent saltirons, es ficà al cau.

El Fleming es va posar els auriculars del micròfon.

Tots els de la colla van callar, aguantant-se la respiració.

Va passar una bona estona.

De cop, el Fleming, traient-se els auriculars, va dir:

—En aquest cau no hi ha ni una rata!

Van fer sortir el conill de corral i van anar, tots, cap a un altre cau. Però el següent tampoc no va donar cap resultat.

Ni el que feia tres. Ni el quart cau...

El conill de corral va entrar al cinquè cau...

No feia ni un minut que era dins que el Fleming va exclamar:

—Atenció!

Tots s'abocaren sobre el Fleming, que va escoltar amb atenció. Traient-se els auriculars, els va passar al zoòleg tot dient:

—Senyor Pujades, què li sembla això?

El zoòleg es va posar els auriculars, i de seguida va exclamar:

—Un conill de bosc! Se sent el xisclet característic del conill de bosc!

Tots van voler fer una bona rebuda a l'animaló.

Entre dos nois, van aguantar un sac, davant la porta del cau. I en Manelitus va començar a estirar el cordó del micròfon, per fer sortir el conill de corral de dins el cau.

Però aquest, al principi, es resistia a sortir.

—Aquest beneit es veu que s'hi troba com a casa seva, aquí dins.

Però en aquell moment el Fleming, que havia agafat novament els auriculars, va cridar:

—Compte! Se senten corredisses.

En Manelitus no havia tingut temps encara de tornar a estirar el cordó, quan va sortir de dins el cau una forma blanca: el conill de corral!, que es ficà de cop dins el sac.

I darrere, va aparèixer una forma grisa, que, zas!, va entrar també al sac, darrere de la pastanaga.

El conill de bosc havia caigut al parany!

El senyor Pujades no s'ho acabava de creure...

Quan tornaven al campament, més contents que uns gínjols, van sentir uns lladrucs molt forts: era el Menut, que venia corrents pel camí.

Quan va arribar al costat dels caçadors, el dormilega va saltar d'alegria, tot traient la llengua i movent la cua.

En Manelitus li va dir:

—Què, ja has fet nona? Déu n'hi do, hem quedat ben servits amb tu!...

Però el Menut es va pensar que li deia una manyagueria, perquè fent un bot li va posar les potes sobre el pit i li llepà la cara.

—Ep, tu, que avui ja m'he rentat! —va protestar en Manelitus, mentre els altres esclataven en grans rialles...

UN PRESENT DE LES PERSONES GRANS

Els diferents grups de cacera van arribar al campament, cansats, però contents de la feina feta: tots els animals que havien de caçar eren ja dins les gàbies. I fins i tot alguns amb què no comptaven... El matí havia estat ben profitós.

Quan els menuts van deixar les gàbies i els estris en el seu lloc, es van adonar d'una cosa: que tenien una gana que els alçava!

Llavors van anar cap a les seves famílies, tot reclamant el dinar.

Però el dinar encara no estava a punt, malgrat que, a terra, ja hi havia preparat el parament.

Semblava que els grans esperessin alguna cosa...

Els petits, amb l'excitació de l'arribada, no s'havien adonat que, en un racó del campament, s'hi feia una mena de reunió de grans.

De seguida, aquest grup es dirigí vers on era en Tanet. Un d'ells, precisament el pare d'en Ritus, li va dir:

–Tanet. Aquest matí, mentre vosaltres caçàveu, els grans ens hem reunit i hem decidit de fer-vos un regal per al zoo.

En Tanet es va mirar el grup de senyors, sense entendre-ho gaire.

–Un regal? –va preguntar.

–Sí. Un animal que us farà molt de servei... Si reuneixes tots els petits, us el donarem...

–Sí, sí! –s'apressà a dir en Tanet.

I se'n va anar a trobar en Juli.

Aviat va sonar la trompeta del secretari, i, al cap de pocs minuts, tota la gent de l'excursió estava reunida al bell mig del campament.

El pare d'en Ritus va tossir una mica i engegà:

–Escolteu bé. Tots nosaltres, les persones grans, estem molt orgullosos de tenir al barri uns nens i nenes tan ferms. Aquesta fe que poseu a treballar per una causa tan bonica, com és ajudar un amic malalt, val tots els cèntims d'aquest món. Nosaltres, les persones grans, també volem posar el nostre gra de sorra en aquesta gran obra del zoo d'en Pitus. Un gra de sorra bastant gros, ja ho veureu!

La gent gran va riure, mentre els petits es miraven els uns als altres, arronsant les espatlles.

El pare d'en Ritus acabà, dient:

–En fi, dit en poques paraules, us volem regalar un animal: aquell d'allà!

I va assenyalar amb el braç estès, cap endavant.

Tothom es va girar, i els nens i les nenes van fer un gran:

–Oh!

Per l'altra banda del campament, venia trotant un ruquet, conduït per dos nois grans.

Els petits, en veure el ruquet, demaneu quina una en van armar!

Al cap d'un moment, l'animaló estava voltat de canalla, que cridava, saltava i aplaudia.

De seguida els petits es van posar a cridar:

–L'hem de batejar! L'hem de batejar!

I van començar a ploure noms:

–Bonic! Sputnik! Valent! Tossut! Platero! Orelles! Rovelló!...

–Calma! Calma! –va demanar en Tanet–. A veure si calleu!

Quan es va fer silenci, el president va continuar:

–Jo crec que el millor seria que fos en Pitus qui li donés nom. Us sembla bé?

–Sí, sí! –van cridar tots.

—Doncs bé. Demà li demanarem el seu parer.

No cal dir que els petits van oblidar la gana que tenien. Els seus pares van haver de fer grans esforços per aconseguir que s'asseguessin a dinar al voltant de les tovalles esteses a terra.

Aquell dia, el ruc, que era una mica magre, va treure el ventre de pena, ja que els petits tot era fer viatges cap a on hi havia l'animalet lligat, per portar-li menjar.

El dinar va transcórrer entre l'alegria de grans i petits.

Havent dinat, la trompeta d'en Juli va sonar altra vegada.

En aquesta ocasió va ser en Tanet qui va parlar:

—Escolteu! Aquest matí hem caçat tots els animals que teníem a la llista, i alguns altres que no hi eren per torna. Ja que tenim tota la feina feta, aquesta tarda ens queda lliure per a jugar.

—Visca! Visca! —van exclamar tots.

Aviat es van organitzar tota mena de jocs... encara que el que va tenir més èxit va ser el de muntar damunt el ruc.

Hi havia un grup, però, que no estava gens d'acord amb això de jugar: els de la secció de caceres. Ells havien vingut a caçar!

A més, tenien ganes de caçar junts.

Van anar a parlar amb en Tanet.

En Manelitus, com a cap de colla, va ser qui va parlar al president:

—Escolta, Tanet. Això de jugar no s'ha fet per a nosaltres: el que nosaltres volem és continuar caçant. Per alguna cosa som de la secció de caceres!

En Tanet no hi va tenir res a dir:

–Si voleu caçar... doncs caceu... Per vosaltres fareu. Ara, abans de les sis, tots aquí, entesos? Que no us hàgim d'esperar!

–No, no! –van assegurar tots.

Quan els de la secció de caceres es disposaven a deixar el campament, un nen petit els va preguntar:

–On aneu?

–A caçar lleons! –respongué en Cap Pelat.

–Jo vull venir!

–No, que mosseguen!

I el nen petit els va deixar, cridant per tot el campament:

–Els de la secció de caceres se'n van a caçar lleons!

UNA TROBADA PROVIDENCIAL

La secció de caceres es va reunir per decidir què havien de fer.

Com sempre, van voler parlar tots alhora, i en Manelitus va haver de posar pau més de quatre vegades.

Un volia fer una expedició a un pic molt alt que es veia d'allà estant, per caçar una àguila. Però el pic era molt lluny i ells només disposaven de tres hores.

Un altre volia caçar porcs senglars... I un altre volia

passar-se tota la tarda pujant dalt dels arbres..., cosa que en Tanet havia prohibit.

Mentre discutien que si naps, que si cols, un nen vestit com els de pagès es va apropar al grup: era en Peret, que vivia en un mas de prop del Brull.

En Peret, mentre escoltava el que deien els caçadors, reia com un boig. Fins que en Manelitus, una mica ofès, li va preguntar:

—Es pot saber què és el que et fa tanta gràcia?

—Ai ves! Com que no n'hi ha perací, d'aquests animals de què parleu!...

—I com ho saps, tu? —va tornar a preguntar en Manelitus, picat.

—Diu que com ho sé!

I en Peret va esclatar a riure.

—És clar, Manelitus —digué al cap, un de la colla—, com que aquest nen deu viure per aquí a prop...

En Manelitus va tenir una bona pensada.

—Escolta tu. Com et dius?

—Em dic Pere, jo!

—I vius per aquí a prop?

—Visc allà dalt, al mas Feréstec!

—Tu deus conèixer tots aquests voltants, oi? —va continuar preguntant en Manelitus.

—Ui, si els conec!

La cara del cap de caceres es va il·luminar.

—Escolta, Peret: coneixes algun lloc on hi hagi animals salvatges?

—Ui, si en sé! —va fer el pageset—. A la cova del Pa-

pu Fred n'hi ha moltes, de bèsties: ratpenats, guilles, serps... i fins una vegada hi van matar un ós, a la cova del Papu Fred! Ai do, la cova del Papu Fred!

A tots els de la colla els brillaven els ulls.

–Escolta, Peret –va dir en Manelitus, tot emocionat–. Ens hi podries guiar, a aquesta cova?

–Ui, si podria! Però és molt fosca! No ens hi *voríem* pas!

–Ja portarem llanternes, no pateixis –va explicar en Manelitus.

I va manar als de la seva colla:

–Aneu a buscar les lots!

EXPEDICIÓ A LA COVA DEL PAPU FRED

Al cap de cinc minuts els caçadors, guiats per en Peret, marxaven cap a la cova del Papu Fred.

Van haver de caminar ben bé tres quarts d'hora, de camí molt dur i sempre de pujada, per poder arribar a la cova.

Es van aturar una estona, per descansar, abans d'entrar a la cova, a la recerca d'animals feréstecs.

Quan tots van estar asseguts a terra, un dels nois va preguntar al pageset:

–I per què li diuen la cova del Papu Fred?

En Peret va explicar a la colla:

–Ui, el Papu Fred! El Papu Fred és un papu que viu allà dins. Però solament fa por a les criatures. Quan una criatura no fa bondat, *llavonses* ve el Papu Fred i l'agafa per les cames. I diuen que té les mans fredes com el glaç. Però amb nosaltres no hi ha por: som molt grans, ja, nosaltres!

–Vols dir? –va preguntar en Cap Pelat, mentre tots els cabells de la seva abundosa cabellera se li posaven de punta.

–Cap Pelat, no em diràs que, tan gran, tens por d'un papu, oi? –va dir en Manelitus amb to burleta.

–Qui, jo? –es va fer el valent, en Cap Pelat–. Però crec que seria millor anar a caçar àguiles.

En Manelitus, sense fer-li cas, va indicar a en Peret que ja podien entrar.

L'entrada de la cova era més aviat estreta, i a dins era més fosc que la gola d'un llop.

L'un darrere l'altre van entrar tots a la cova del Papu Fred.

En Manelitus portava una lot. Darrere de tots anava en Ritus, el més petit de la colla, amb una altra lot.

Al principi, enlluernats, no veien res. A poc a poc, però, els ulls se'ls van anar acostumant a la foscor, i van poder veure un corredor molt llarg.

Les parets, totes xopes d'aigua, eren d'argila.

Van caminar un tros pel corredor, fins que van arribar a una mena de cambra, força ampla, d'on sortien tot de passadissos laterals.

En Peret els va avisar:

–Alerta a perdre-us! Anem tots junts, que més d'un hi ha fet una estada d'allò més llarga, aquí dins! –I va riure tot divertit.

Es van ficar per un dels corredors, que era tan baix de sostre, que havien de caminar ajupits.

No havien fet deu passes, que en Peret s'arrambà cap a la paret, tot avisant els que venien darrere:

–Compte amb el rec!

Però els de la secció de caceres eren de ciutat i no sabien que un rec era un riu petitet, i tots, l'un darrere l'altre, es van posar, com se sol dir, de peus a la galleda.

Compteu, quina mà de crits, els caçadors!

–Ep, tu, tanoca! Podies avisar! –va cridar en Manelitus, tot enfadat.

Però, en Peret, vinga riure!

Seguint el corredor van arribar a una cambra més petita.

El pageset, llavors, va exclamar:

—Ai, com xalarem ara!

I agafant una branca que hi havia per allà terra, va dir als del grup:

—Ara entrarem a la cambra més gran de totes. Ai do, que bé que ens ho passarem!

I s'encaminà cap a un corredor de la dreta.

Els altres, no gaire convençuts de divertir-se gaire, el van seguir.

I van arribar a una sala immensa, al mig de la qual hi havia un petit llac. Era impressionant de veritat.

MÉS EMOCIONS... I PER FI CACERA!

Quan els caçadors estaven més distrets, contemplant amb la boca oberta les magnífiques estalactites i estalagmites de la gran cambra, en Peret va fer un gran crit i començà a donar cops contra la paret, amb la branca.

Llavors va passar una cosa terrible! Es va sentir un batibull de crits i de soroll d'ales que va convertir la sala en una olla de grills.

Els nens, esgarrifats, es van tirar a terra. Per damunt dels seus caps passaven i tornaven a passar uns ocellots tots estranys.

En Peret, botant i donant cops de branca a l'aire, s'ho passava molt i molt bé.

Val a dir que els caçadors s'havien esverat per poca cosa: els ocellots no eren res més que ratpenats petitets.

Al cap d'una estona, els animals voladors van fugir com esperitats per un dels passadissos i el silenci tornà a la gran cambra.

Mentre els nens de ciutat s'aixecaven de terra, tots plens de fang, en Peret se'ls va acostar i els va dir, tot content i satisfet:

—Com ens hem divertit amb els ratpenats, oi?

No cal dir que els de la colla se'l volien menjar.

—Escolta, tu, sòmines. Si ens tornes a donar una sorpresa com aquesta, t'estomaquem de valent!—l'esbroncà en Manelitus, indignat.

Quan tots es van calmar, el cap de caceres va preguntar al guia:

—I de totes les feres que deies que trobaríem, què? On són les serps, les guilles i els óssos? Solament hem trobat aquests fastigosos ratpenats!

—En aquest temps a la cova solament hi ha ratpenats!...

—Ho hauries pogut dir abans! —es va queixar un del grup, amargament.

—Almenys haguéssim trobat el Papu Fred! —va dir, tot convençut, el petit de la colla, en Ritus.

—Què dius, tu, ara? —va exclamar en Cap Pelat, esparverat.

En Manelitus, una mica tip de tants ensurts, va manar tornar.

Quan feia més d'un quart que caminaven, en Manelitus va protestar una mica. Va preguntar a en Peret:

—Tu, noi. Vols dir que no fa massa estona que caminem? I per aquest camí no hi hem passat, abans...

En Peret, com sempre, es va posar a riure.

—Ai, ves! No és pas gaire bonic passar sempre pel mateix lloc!...

Un crit esfereïdor va salvar en Peret de la indignació d'en Manelitus.

Tots es van girar.

En Ritus cridava, esverat:

—Una fera! Una fera molt grossa!

Als del grup se'ls va glaçar la sang: en el fons del passadís, uns ulls fosforescents brillaven, amenaçadors, en la foscor.

Es va fer un gran silenci.

Silenci que va trencar el riure esquerdat d'en Peret.

—Ai quina gràcia!

I, sense por, el pageset va anar cap als ulls que brillaven.

Al cap d'un moment, va cridar:

—Ai, que ja el tinc!

Llavors, en Manelitus, que s'havia quedat sense esma, es decidí a enfocar la seva lot allà on era en Peret, que venia ja cap a ells, tot rient. En una mà portava la fera que havia fet tanta por als nens de ciutat.

Era un ocellot. Això es veia a primera vista.

En Peret va estendre el braç cap als caçadors, per mostrar-los la peça caçada. Els nens es van fer una mica enrere.

De sobte, en Ritus, tot tranquil, s'atansà a en Peret, dient:

–Però, si és un mussol!

Efectivament. En Peret havia capturat un mussol que, amb els seus grans ulls desconfiats, guaitava un a un els nens, tombant el cap, de tant en tant.

Tots van respirar tranquils.

Van ficar el mussol dins una de les gàbies, que van tapar amb un drap, perquè als mussols els fa mal la llum del dia.

Després en Manelitus va ordenar al guia:

–Tu, noi. S'han acabat les bromes! Ara, ens portes de dret cap al campament, entesos?

Quan van ser prop del Brull, van sentir unes veus que cridaven:

–Manelitus! Tecla! Cap Pelat!

No cal dir que en Tanet –i també el senyor Martí, el cap de la caravana– van renyar de valent els ardits caçadors: ja feia mitja hora que els autocars havien d'haver sortit.

En el moment de pujar a l'autocar, en Manelitus va tustar l'espatlla d'en Peret, tot dient-li:

–Un dia tornarem al Brull, Peret. I llavors anirem a caçar altra vegada junts. Però... –i el noi va somriure– si ens fas una altra jugada com les que ens has fet avui, et farem un nyanyo!

En Peret es trencava de riure.
I mentre els autocars s'allunyaven va dir:
–Quina colla!
Al capvespre, els autocars arribaven a Barcelona.
S'havia acabat la gran excursió.

UNA SETMANA MOLT ATRAFEGADA

SOM-HI ALTRA VEGADA

L'endemà del dia de l'excursió, dilluns, va ser dia de repòs.

Tots els nens i les nenes del barri havien de recuperar forces per tal de trobar-se forts i valents durant la resta de la setmana, ja que el diumenge següent era el gran dia.

En Tanet els havia dit que havien de descansar força, i tots s'ho van prendre tan seriosament, això de reposar, que es van passar tot el sant dia asseguts, o bé ajaguts.

Al barri, aquell dilluns, tot era silenci.

Només un esdeveniment va trencar la calma.

A primera hora de la tarda, el ruquet que els grans

els havien regalat el dia abans per al zoo, va ser passejat per tot el barri, rodejat per tots els nens i les nenes, fins a la casa d'en Pitus.

El malaltó, ben abrigat, s'abocà un moment al carrer des de la finestra de la seva habitació i va contemplar el ruc. En Tanet i en Cigró estaven al seu costat.

A baix al carrer, tots els petits s'aguantaven l'alè.

Finalment, en Pitus va xiuxiuejar una paraula a l'orella d'en Tanet.

En Cigró, que la va sentir, va cridar als de baix:

—Pelut!

—Visca! Visca el Pelut! —van cridar tots, picant de mans.

I molt contents van portar novament el ruquet a la lleteria, on tenia instal·lat el seu domicili provisional.

Dimarts, els petits treballadors es van llevar de bona hora. Van esmorzar força per tal d'estar «en forma», i a dos quarts de nou eren tots al solar.

De seguida es van posar a fer feina.

Els de la secció de propaganda es van passar tot el matí posant cartells a les botigues dels barris del voltant. Al migdia havien acabat.

Quan els dels cartells van tornar al solar, en Tanet els va donar una bona notícia: el senyor Molins, l'amo de la impremta del barri, s'havia ofert a fer els programes que s'havien de donar als visitants del zoo.

La Mariona i dos dels seus ajudants, un nen i una nena, havien d'anar a veure el senyor Molins, per indicarli com els volien, els programes.

La resta de la setmana, els de propaganda se l'havien de passar fent els cartells més delicats: els que s'havien de posar al costat de les gàbies.

El senyor Pujades, que aquell dimarts havia vingut al barri per restar-hi tota la setmana, va dirigir la feina de fer els cartells, en els quals s'havia de consignar el nom de l'animal, amb un petit mapa del món, indicant on vivia, el nom científic... Tot igual que els cartells del Zoo de Barcelona.

La secció del Fleming, és clar, era la més enfeinada. Per al Fleming i els seus, començava ara la feina de veritat: el muntatge del zoo.

Per moltes bones pensades que tinguessin el Fleming i en Cigró, hi havia coses que per als nens petits eren molt difícils de fer, com, per exemple, la bassa per als ànecs i la cambra fosca per al mussol.

Mentre rumiaven com s'ho farien per a resoldre aquests problemes, van rebre la visita de mitja dotzena de nois grans del barri...

Es venien a oferir per al que calgués.

Al principi, els joves, com sol passar, s'ho van prendre una mica en broma, això que els petits fessin un zoo.

Però, a mesura que van anar veient que els nens i les nenes estaven realment disposats a fer-lo, i que ho aconseguirien, van canviar d'actitud.

Va passar el mateix amb les noies grans, que, a la fi, també van contribuir a la gran obra del zoo, fent uns bonics uniformes perquè els lluïssin tots els nens i les nenes el dia del zoo.

Doncs bé, quan el Fleming va saber l'oferiment de la comissió dels grans, va tenir la idea de treure's dos morts de sobre: el de la cambra fosca per al mussol i el de la bassa per als ànecs.

–Vosaltres sabríeu fer una bassa, amb aigua de debò, per als ànecs?

Els nois es van mirar els uns als altres. Finalment, un va dir:

–No crec que sigui massa difícil...

–I una cambra fosca per al mussol, amb una llum vermella dins?

Un altre va respondre:

–Home... Ja buscaríem qui la pogués fer...

–Doncs, ja teniu feina! –va exclamar, tot satisfet, el Fleming–. Per descomptat, tindreu tots els ajudants que us calguin.

I així va ser com, aquella mateixa tarda, una colla de nois grans va començar a construir els estatges per al mussol i per als ànecs.

Ara ja tota la gent del barri, tant grans com petits, consideraven el zoo com a cosa pròpia...

Fins i tot les mares i les àvies que no s'hi havien implicat volien col·laborar-hi.

A cada família se li havia encarregat de tenir cura d'un animal. El senyor Pujades havia escrit les instruccions de com s'havia de tractar i alimentar cada animal, i totes les persones grans van tenir cura de l'animaló que els havia tocat, com si fos un més de la família.

La gent gran també va contribuir en una cosa tan important com és deixar tota mena d'animals: ànecs, coloms, galls i gallines, un porc i set porquets, gossos de diverses menes, pollets, tortugues, canaris, periquitos, gats perses i dels altres, i fins una vaca de la lleteria del barri.

Però no hem parlat de la secció de caceres.

Aquests encara tenien feina: a la llista faltaven dos animals: un lloro i una mona.

UN LLORO...

Aquell dimarts, els de la secció de caceres, tan nets i polits que no semblaven ells, es van preparar a aconseguir els animals que faltaven a la col·lecció: el lloro de la paradeta de cacauets de la senyora Mundeta, i la mona, l'amic inseparable de l'oncle Patau, el venedor de globus i de xiulets.

La senyora Mundeta era molt bona dona, però anava molt de cara al negoci.

D'entrada, la dona es va negar en rodó a deixar el lloro.

Deia que li era molt necessari, per al seu negoci, ja que amb el seu clam de: «Cacauets! Cacauets! *Camels*! *Camels*!», atreia els petits clients a la paradeta.

—A més, el pobre Pascàssiu —el lloro es deia Pascàssiu— no pot pas estar un sol dia sense mi, s'enyoraria massa, pobret!

—Però és que per a fer el zoo ens cal un lloro, no ho comprèn? —s'escarrassava en Manelitus—. Un zoo sense lloro és com si no fos un zoo.

—Feu-vos-ho com vulgueu!... Però, jo, el meu Pascàssiu no el deixo!

No hi havia res a fer!

La colla es va retirar un tros lluny de la paradeta, a discutir la jugada.

En Cap Pelat, com sempre, va ser qui primer va parlar, per dir, també com sempre, una bestiesa:

—Si em doneu un llaç de *cowboy*, el llenço ben llençat, i la senyora Mundeta es queda sense lloro!

Va ser la Tecla qui va donar la solució:

—Tinc una idea! —va exclama—. Escolteu: Si la senyora dels cacauets el que no vol és separar-se del llo-

ro, podem fer una cosa: li muntem una paradeta al solar i així, venent cacauets als visitants del zoo, farà un gran negoci. A canvi, que ens deixi el lloro, i el col·loquem prop de la seva mestressa...

A la senyora Mundeta li va costar una mica decidir-se, però els de la colla es van esmerçar tant a pintar-li-ho tot de color de rosa que al final la dona es va quedar convençuda que, al zoo, faria l'agost, i va accedir a la demanda dels nens.

UN MICO...

Una vegada aconseguit el lloro, els de la secció de caceres van anar pel mico.

L'oncle Patau era un pobre home, molt vell, que venia globus i xiulets... No tenia massa bon caràcter i s'enfadava de seguida.

Els nens, que a vegades són entremaliats, li cantaven una cançó que el feia enfadar molt:

Oncle Patauet
dóna'ns un globet
i si no ens el dónes,
seràs molt dolentet!

El venedor de globus i xiulets tenia un company de penes i fatigues: un mico, a qui anomenava Pallofa.

L'oncle Patau i en Pallofa feia molts anys que anaven junts per aquests mons de Déu...

No cal dir que en Manelitus i els seus companys no les tenien totes, quan van anar a demanar el mico a l'oncle Patau.

D'entrada, per guanyar-se la voluntat del vellet, li van comprar un globus cada un.

I en Manelitus el va ensabonar:

—És molt llest el seu mico, oncle Patau!

—Més que tu! —va ser l'eixuta resposta del venedor de globus.

El cap de la secció s'empassà saliva, va fer el cor fort, i va dir a l'oncle Patau, d'una tirada:

—Diumenge vinent fem un zoo, al solar, i ens fa falta una mona. Oncle Patau, ens podria deixar el Pallofa per al diumenge? Li ho agrairíem molt!

L'oncle Patau se'l quedà mirant, emmurriat.

—Deixar en Pallofa? Deixar el meu mico?... Tu no estàs bé, noi! —els va descoratjar.

La Tecla, altra vegada, va ser qui va decidir la cosa:

—Oncle Patau —va dir la nena—. És que el zoo el fem per recollir diners per a en Pitus, que està malalt i ha d'anar a Suècia, perquè se'l miri un metge molt famós. No el fem per jugar, el zoo, sinó perquè en Pitus pugui posar-se bo.

—En Pitus està malalt?

El venedor de globus vivia tan als núvols, que no s'havia assabentat de la malaltia del més petit de la colla d'en Tanet.

L'oncle Patau el coneixia molt bé, en Pitus. Sempre li comprava globus i xiulets, i mai no li cantava l'enutjosa cançó. A més, era l'únic nen que, quan se li adreçava, li deia «senyor oncle Patau».

–No sabia pas que en Pitus estigués malalt! –va dir el vellet, tot dolgut–. Ja m'estranyava tant de temps de no veure'l. L'altre dia, li ho deia al Pallofa... Pobre nano!

Es va quedar un moment pensarós. Al final va preguntar:

–I dieu que aquest zoo el feu per a pagar el viatge d'en Pitus a Suècia?

–Sí –s'apressà a respondre en Manelitus–. Allà, un metge molt famós el posarà bo.

Llavors, el vellet va dir al mico:

–Pallofa, hem d'ajudar un bon amiguet!

Els de la colla no s'ho arribaven a creure.

–Ens deixarà el Pallofa, oncle Patau? –van preguntar a cor.

–Ja podeu buscar-li un bon lloc, al zoo... –digué el vellet.

En Cap Pelat va cridar entusiasmat:

–Visca l'oncle Patau!

–Visca! –van respondre els altres.

Abans d'anar-se'n, en Manelitus, tot seriós, va agrair al bon vellet:

–Oncle Patau, li dono les gràcies en nom de tots els nens i les nenes del barri. Ah, i una cosa: d'ara endavant si algú li canta aquella cançó que el fa enfadar tant, ens ho diu i l'estomacarem!

I contents per l'èxit es van encaminar cap al solar.

...I UN GALL DINDI DE PROPINA

Però abans d'arribar-hi, una velleta, veïna d'en Manelitus, els va aturar. Era la senyora Emilieta, una bona dona, molt pobra, que vivia sola i es guanyava la vida rifant coses que de poca cosa servien. La gent del barri, però, li comprava tots els números per ajudar-la.

Val a dir que s'ho mereixia. Sempre estava disposada a donar un cop de mà a qui fos: portant nens a l'escola, ajudant a fer les feines de la casa a alguna dona malalta...

En veure en Manelitus, la senyora Emilieta el va cridar:

–Escolta, Manelitus.

–Digui, senyora Emilieta... –va respondre, polidament, el noi.

–Ahir van venir a veure'm uns parents del poble i em van dur un gall dindi, perquè el rifés. Que ja en teniu, al zoo, de gall dindi?

–No, senyora Emilieta, no en tenim, de gall dindi... –va respondre el nen.

–Doncs ja me'l podeu apuntar! –va oferir la dona, tota contenta.

–Però... –va començar la Tecla–. Vostè bé l'ha de rifar, el gall dindi.

–Oh, aquesta setmana ja tinc dues coses per a rifar... amb el que en tregui puc anar tirant... La setmana vinent, me'l torneu, i el rifaré.

–Si és així... –va dir en Manelitus– d'acord! I quan el rifi, li comprarem molts números, senyora Emilieta!

–Gràcies, noi, gràcies.

–Gràcies a vostè, senyora Emilieta! –van respondre tots els nens.

En acomiadar-se, la velleta els va demanar:

–A veure si el poseu en una gàbia ben maca, el meu gall dindi!...

–Així ho farem! –va prometre en Manelitus.

Quan van arribar al solar, en Tanet els va preguntar:

—Què? Heu aconseguit el lloro i la mona?

En Manelitus, tot orgullós, va respondre:

—Missió acomplerta, senyor president! Hem aconseguit un lloro, un mico... i un gall dindi, de torna! Ja tenim la col·lecció completa!

—No —va recordar en Tanet—. Ens en falta un, d'animal.

—Un? —preguntà la Tecla—. Quin?

I en Tanet, somrient, va respondre:

—El tigre!

UNA GESTIÓ DIFÍCIL

El senyor Pujades els havia donat una targeta, amb unes ratlles de presentació, per al director del Zoo de Barcelona.

Per anar a demanar el tigre, es va nomenar una comissió: en Tanet, el Fleming, en Juli i en Manelitus, que havia rebut ordres molt estrictes d'anar polit i net com una patena.

A les nou del matí del dia assenyalat, es van trobar tots a la cantonada del final del carrer Llarg.

L'últim en arribar-hi va ser en Manelitus. Els seus companys no el van reconèixer fins que va ser a tocar: anava tan net i polit que no semblava ell.

Van pujar tots al tramvia, i van baixar davant del

Parc de les Feres. Llavors es van dirigir cap a les oficines del Zoo. Un porter molt malcarat els va aturar a la porta d'entrada.

–Ep, nanos! On aneu?

–Venim a veure el senyor director... –va respondre en Tanet.

–És que li voleu preguntar si té una gàbia buida per a vosaltres? –va exclamar el porter, rient d'una manera desagradable.

En Manelitus ja anava a contestar-ne una de les seves, però el president el va aturar amb un gest.

–No, senyor. Portem una targeta per al senyor director...

I l'allargà a l'home, que va llegir la targeta, i quan va veure que aquest senyor Pujades tractava de tu el director, va canviar de to:

–Bé, bé. Si és així podeu entrar. Pugeu al primer pis i, a la dreta, trobareu una porta amb un cartell que diu: DIRECCIÓ. Entreu i allà una senyoreta us atendrà.

Els nens, tots decidits, van pujar l'escala, i quan van trobar la porta que deia DIRECCIÓ es van aturar.

En Tanet va aconsellar als seus companys:

–I ara, aneu amb compte a fer cap disbarat. Hem de procurar quedar bé. Si podem aconseguir el tigre tindrem molt de guanyat per a l'èxit del zoo...

Anaven a entrar quan en Tanet s'adonà que en Manelitus ja anava amb la camisa fora.

–Manelitus! –el va renyar–. Amb tu no hi ha res a fer! Fes el favor d'arreglar-te la roba, de seguida!

En Manelitus es va posar vermell com un pebrot.

—És que no me n'adono... —es va excusar, mentre es ficava la camisa dins els pantalons i, amb saliva, es feia una mica de clenxa.

Quan el cap de caceres va estar altra vegada presentable, en Tanet va obrir la porta una mica i va preguntar:

—Que es pot passar?

—Endavant! —va respondre una veu molt agradable.

Van entrar tots dins un despatx molt petit, on, en un racó, hi havia una noia asseguda davant una tauleta amb una màquina d'escriure.

La noia, en veure els visitants, es va quedar una mica sorpresa.

Però de seguida va reaccionar i es va aixecar:

—Vaja! D'on sortiu, vosaltres?

En Tanet s'aclarí la veu i va dir d'una tirada:

—Nosaltres som una comissió d'un zoo que volem fer al nostre barri i venim a veure el senyor director, perquè ens deixi un tigre.

—Espera, espera!... Com has dit?... Un tigre? —I no va poder aguantar-se el riure—: Aquesta sí que és bona!

Però quan va veure la cara de llàstima que feien els de la comissió, es va posar seriosa.

—Perdoneu, nois. Però és que m'esperava qualsevol cosa menys això del tigre...

—Portem una targeta per al senyor director... —va explicar en Tanet—. Del senyor Pujades, sap?

—Ah! Porteu una targeta del senyor Pujades? Això

és tota una altra cosa! El senyor Pujades i el senyor director són molt amics...

La noia va agafar la targeta que li allargava en Tanet i va dir:

—Espereu un moment.

I va sortir per una porta gran.

En quedar-se sols, el Fleming va comentar, una mica desanimat:

—Em sembla que aquest tigre ens l'haurem de pintar a l'oli! Si ens donen una mona ja serà prou!

—No, tu —va intervenir en Manelitus—, que, de mona, ja en tenim una. Si no ens volen donar el tigre que ens donin qualsevol altra bèstia salvatge: una foca, o bé un cocodril. Sí, un cocodril ens aniria molt bé.

—No diguis bestieses, Manelitus —va fer en Juli—. On vols que el posem, el cocodril?

—A la bassa dels ànecs! —va respondre el cap de caceres.

—Amb els ànecs, eh? —replicà en Juli—. Perquè se'ls cruspeixi tots, oi?

—Calleu d'una vegada! —va demanar en Tanet—. Hem vingut a buscar un tigre i si no ens el donen, doncs paciència!

En aquell moment va tornar la secretària.

—Ja podeu passar, nois. El senyor director us espera.

ERA UN TIGRE...

Els nens, tots tibats, van entrar al despatx del senyor director.

Era un home baixet, amb cara de bona persona.

En veure els nens, es va aixecar i va donar la mà a cada un d'ells, mentre deia:

—Què tal, nois? Ja sé pel senyor Pujades que ens voleu fer la competència... Seieu, seieu...

Van seure, el senyor director se'ls mirà amb simpatia i els va dir:

—El senyor Pujades ja m'ha explicat la bona intenció que us anima a fer el vostre zoo... Em sembla una cosa magnífica, de debò! Vam quedar amb el senyor Pujades que us deixaria un animal dels nostres. Ara bé, em sembla que la meva secretària no ho ha entès gaire bé... això del tigre.

—Sí senyor que ho ha entès bé... —va dir en Tanet molt segur d'ell mateix—. Venim a demanar-li que ens deixi un tigre.

El director va moure el cap i es va dir:

—Em sembla que això no podrà pas ser. Un tigre és... és un tigre, sabeu? I els tigres són, com us ho diria?... Una mica salvatges... Ja ho deveu haver vist a les pel·lícules... Un tigre és un tros d'animal bastant gros, sabeu?

—Ah! —va intervenir en Manelitus—. Nosaltres no volem pas un tigre de veritat...

En Tanet va explicar:

—Vol dir que el tigre no cal que sigui dels grossos... Amb un de petitet ens conformem...

—Ah! Així la cosa canvia! —va dir somrient l'home—. Precisament en tenim un de molt bufó, que va néixer fa un parell de setmanes.

—Així, ens el deixa? —preguntà en Tanet, aguantant-se la respiració.

—Ja hi podeu comptar —va acceptar del director.

En Manelitus no va poder estar-se de fer un bot d'alegria i deixar anar un crit de pellroja.

En Tanet el reptà de seguida:

—Manelitus!

El noi va tornar a seure, amb el cap cot, mentre deia:

—Perdoni, senyor director. És que...

—Ho comprenc, noi, ho comprenc... —el va disculpar, mentre s'alçava, el senyor director. I va continuar—: Què us en sembla, si fem una visita al vostre tigre?

—Ah, sí! Que bé! —van exclamar els nens.

—Doncs, ja hi podem anar!

En passar pel despatx de la secretària, en Tanet va dir a la noia:

—Senyoreta, ja tenim el tigre! Ara l'anem a veure!

La secretària es va quedar amb la boca oberta.

El director va conduir els nens al sector dels cadellets d'animals.

Van passar davant de moltes gàbies, on hi havia animalets nascuts de poc: mones, estruços, pingüinets, ossets...

Els nens van obrir uns ulls com unes taronges: era

com visitar un zoo en miniatura. Es van aturar davant d'una de les gàbies.

Dintre hi havia un tigre que semblava un gatet... però més gros, és clar.

El director, molt destrament, va obrir la portella, va agafar l'animalet amb una sola mà i el va treure de la gàbia.

Els nens es van apartar, per si de cas...

–No, no tingueu por –els va tranquil·litzar el senyor director–. Si és més mansoi! A veure, qui és el valent que s'atreveix a agafar-lo?

En Manelitus no s'ho va fer dir dues vegades. Agafà el tigre amb totes dues mans i li va dir, manyac:

–Hola, noi! Saps que tens uns bigotis molt llargs, per ser tan petit?

El cadellet va obrir la boca, d'una manera molt graciosa.

Els nens van jugar amb el tigre una bona estona.

En el moment de tornar-se'n a casa, en Tanet va dir al senyor director:

–No sé com donar-li les gràcies... Aquest tigre serà el número fort del zoo.

Va fer una petita pausa i va preguntar al director:

–No li agradaria visitar el nostre zoo? Li donaríem una invitació...

–Sí, així no hauria de pagar! –va afegir en Manelitus... que de seguida va fer un ai!, pel cop de colze que li va ventar el Fleming.

L'home va riure i va dir:

–En podeu estar ben segurs, que vindré! Tinc un nen i una nena de la vostra edat, sabeu? I el senyor Pujades va explicar tot això del vostre zoo davant d'ells. De llavors ençà no passa dia que no em preguntin: «Pare, quants dies falten per al zoo d'en Pitus?»

El Fleming va preguntar, estranyat:

–Com pot ser que els faci tanta il·lusió el nostre zoo, podent visitar aquest tan gran, sempre que vulguin?

–Ah! –va fer el director–. Aquest ja se'l saben de memòria!

I així, d'una manera tan senzilla –i sense cap risc, val a dir-ho–, el Zoo d'en Pitus va tenir un tigre.

UNA CARTA PER A EN PERET DEL BRULL

En Tanet era amb els de les gàbies, per tal de resoldre com havia de ser la futura casa del tigre, quan es presentà davant seu la comissió de caceres en pes.

–Tanet –va dir en Manelitus, amb aire preocupat.

El president va alçar el cap dels plànols que havia fet el Fleming i mirà el grup dels caçadors.

–Què voleu? –va preguntar.

–Parlar amb tu –va respondre el cap de caceres.

En Tanet se'n va anar una mica més enllà amb la colla d'en Manelitus.

–Bé, què hi ha de nou? –va voler saber.

–Doncs, és que... saps? –va començar en Manelitus, dubtant.

En Tanet, per animar-lo, li va tustar l'esquena.

–Va, noi, que és tard i vol ploure –va dir.

En Manelitus, finalment, va deixar anar d'una tirada:

–Voldríem enviar una carta a en Peret del Brull, convidant-lo a venir a veure el nostre zoo.

–En Peret del Brull? –va preguntar en Tanet, tot estranyat–. Però no dèieu que us havia fet enfadar tant?

–Sí, però... –va començar altra vegada en Manelitus.

La Tecla va intervenir:

–Tanet. Has de pensar que gràcies a ell, a en Peret, tenim el mussol...

–A més –va afegir un altre de la colla– al final ja vam fer les paus.

–Això, això! –van fer tots els altres.

En Tanet, somrient, va dir:

–Per mi no hi ha cap inconvenient. Al contrari.

–Visca! –van cridar els caçadors, alleugerits i contents.

–Ara el que heu de fer –va continuar en Tanet– és escriure la carta.

En Cap Pelat, tot orgullós, va reconèixer:

–Ja la tenim feta.

En Manelitus li va clavar una trepitjada que li va fer veure la padrina.

En Tanet va fer veure que s'enfadava:

–Mira que bé! I teniu la barra de venir a consultar-me això de la invitació, quan ja teniu feta la carta?

–Veuràs, Tanet –va intentar arreglar-ho en Manelitus–. Estàvem segurs que diries que sí... i hem volgut avançar feina.

–Bé, bé –va fer el president–, ara, si em voleu fer el favor d'ensenyar-me la carta... Si és que no l'heu enviada ja.

–No, no! –va dir, ràpidament, en Manelitus.

I va cridar en Ritus, que li feia de secretari. Aquest li va allargar una carpeta.

De dins, en Manelitus en va treure un full blanc.

–Vols que te la llegeixi? –va oferir a en Tanet.

–No cal, home –va refusar–. Des dels tres anys que vaig a l'escola... Dóna'm!

En Tanet va agafar el full de paper i començà a llegir, en veu alta:

—«Peret. Mas Feréstec. El Brull. Estimat Peret: Estem ja a punt d'acabar el zoo que fem per recollir diners per a en Pitus i voldríem que vinguessis a veure'l. El dia assenyalat és diumenge vinent. Ja hem demanat permís a en Tanet...»

Aquest es mirà, escapant-se-li el riure, el cap de caceres, mentre que en Manelitus contemplava un ocellet que en aquell moment passava per sobre d'ells.

En Tanet va continuar:

—«...i ens ha dit que podem demanar-te que vinguis. Pots sortir en el tren de dos quarts de vuit, de Balenyà, i ser a Barcelona a les nou. Uns quants de nosaltres et vindran a rebre. Estem segurs que el nostre zoo t'agradarà molt: hi haurà molts animals de tota mena. També podràs veure-hi el mussol que vas caçar per a nosaltres. Així, doncs, t'esperem diumenge. Rep una forta abraçada de tots els de la comissió de caceres, i molts records de tots els altres nens i nenes del barri. Manel Pons.»

En Tanet va tornar la carta a en Manelitus, tot dientli:

—Heu tingut una bona idea. De debò!

I va tornar al racó del Fleming i dels seus, deixant els de la comissió de caceres més contents que unes pasqües.

LA GRAN DESFILADA

Aquells darrers dies abans de diumenge, quin fart de treballar es va fer tothom, al solar!

Ara, ja no eren sols els petits, a treballar; a qualsevol que passés per allà li donaven feina de seguida.

A tot el barri, solament es parlava d'una cosa: del zoo d'en Pitus.

I va arribar el dissabte.

Al matí havia de quedar tot llest: les gàbies, les taquilles on es vendrien les entrades, els petits carrers voltats de pedretes, la paradeta de la senyora Mundeta, la cambra del mussol... tot!

Aquell matí de dissabte hi havia l'ordre de no anar a dinar fins que estigués tot llest.

Després de l'esforç de tothom, a les dues en punt estava tot llest: solament faltava posar els animals dins les gàbies, cosa que farien diumenge a primera hora.

A la tarda, havia de tenir lloc una gran desfilada, per a fer propaganda del zoo.

Tots els nens i les nenes van dinar amb una esgarrapada, perquè a les quatre en punt havia de sortir la desfilada.

I a dos quarts de quatre, tothom era al solar. No hi faltava ningú.

Els nens i les nenes feien goig de debò, amb els seus bonics uniformes, fets per les noies grans del barri.

A les quatre en punt va sortir del solar la gran desfilada.

Davant, hi anava la banda de música: dotze nens amb trompetes i timbals de joguina, fent un gran terrabastall.

Després de la banda venia el ruquet, tot guarnit, conduït per dues nenes, que el duien lligat amb uns cordons molt bonics. Dalt del ruc, hi anava el Pallofa, la mona de l'oncle Patau.

A continuació, dotze nenes portaven un cartell cada una, amb una lletra pintada a cada cartell, de manera que, posades totes juntes, la gent podia llegir:

ZOO D'EN PITUS

I darrere de tot venia la resta de nens i nenes, portant tots un pal amb un cartell on hi havia dibuixats els animals del zoo.

Pertot arreu on passaven la gent s'abocava als balcons i a les finestres, aplaudint.

De tant en tant, la desfilada s'aturava, i llavors en Juli parlava per un micròfon amb piles, que havia fet el Fleming.

—Pares i mares! Porteu els vostres fills al zoo d'en Pitus! Demà diumenge, tot el dia, a partir de les deu del matí! Per a recollir diners per al viatge d'en Pitus a Suècia! Demà, tothom al zoo d'en Pitus!

En passar davant de la casa d'en Pitus, en Tanet i els caps de les seccions, van pujar a veure el malaltó.

En Tanet, com a president efectiu, va posar una banda d'honor al més petit de la seva colla, nomenant-lo president honorari del zoo.

VESPA
MUSSOL
GOS
CONILL DE BOSC
LLORO
VACA
GALLINA
ZOO D'ENPITUS

A en Pitus li lluïen els ulls...

Si encara hi havia algú que no estigués decidit a visitar el zoo, en veure la desfilada es va acabar de decidir.

Quan la desfilada havia de travessar algun carrer important, els guàrdies de la circulació, assabentats del que passava, feien parar tots els cotxes.

Més d'un dels conductors de cotxe preguntava, llavors:

—Què és tot aquest xivarri?

Un dels guàrdies, tot orgullós, perquè era del barri on es feia el zoo, va respondre:

—Són els nens i les nenes del meu barri. Han fet un zoo ells solets, per recollir diners per a un nen malalt... I ara l'anuncien!

I els senyors dels cotxes feien un «Oh!» d'admiració.

La desfilada va durar més de dues hores.

Aquell vespre, tots els nens i les nenes se'n van anar a dormir molt d'hora.

L'endemà era el gran dia.

Els somnis de molts d'ells van ser, aquella nit, tots plens de bonics animals.

EL ZOO D'EN PITUS

TOT ARRIBA EN AQUEST MÓN

I perquè tot arriba en aquest món, el gran dia va arribar.

A les set del matí, en Tanet i els caps de secció eren ja al solar.

Com sempre sol passar, el dia abans a última hora s'havien adonat que s'havien oblidat d'una cosa molt important: el cartell gran per a posar a l'entrada del zoo.

Sort que de seguida van trobar uns quants nois grans disposats a no anar-se'n a dormir sense haver acabat el gran cartell. A les quatre del matí, el cartell era acabat i posat al seu lloc.

Quan en Tanet i els seus ajudants van arribar al solar, van respirar tranquils, en veure el gran cartell, que deia senzillament ZOO D'EN PITUS, sobre mateix de l'entrada.

La colla va donar un tomb d'inspecció pel solar.

Certament, podien estar orgullosos de la feina feta, tot era al seu lloc: les gàbies, la bassa per als ànecs, la cambra del mussol, els cartells amb els noms dels animals, les taquilles per a les entrades, les paradetes per als venedors de llaminadures... tot!

Havien instal·lat també bancs i cadires, per a quan la gent estigués cansada de voltar.

En un d'aquests bancs van seure tots els de la colla, esperant les vuit, hora en què havia de venir la resta de nens i nenes, amb els animals que tenien guardats a les cases respectives.

Van comentar els incidents d'aquelles darreres setmanes, tan plenes d'emocions fortes...

Sí, certament, podien estar contents i orgullosos.

Al cap de poc es va presentar el senyor Pujades, tot mudat.

Els nens el van rebre amb gran alegria, perquè tots ells s'havien fet grans amics d'aquell excel·lent home que era el zoòleg.

El senyor Pujades va donar una mirada per tot el zoo, i va callar un moment. Els nens van poder veure que se li havien humitejat els ulls.

Finalment, amb veu emocionada, els va parlar:

—Podeu ben creure que avui és un dels dies més feliços de la meva vida! Ha valgut la pena, de debò!

Molt abans de les vuit va començar a venir la resta

dels petits, amb els seus bonics uniformes, ben nets i planxadets.

I van començar a posar els animals dins les gàbies.

A un quart de nou tot estava llest.

Llavors sí que feia goig de debò el zoo.

Els animals cridaven, reclamant la teca: semblava el Zoo del Parc.

Els nens encarregats de donar el menjar als animals es van posar a la feina, tot consultant les llistes de menjars i horaris que havia fet el senyor zoòleg.

Una mica més tard van venir els venedors de llaminadures, de menjar per als animals, de globus... En llocs ben situats, s'havien instal·lat unes petites parades, molt boniques.

La senyora Munda, l'oncle Patau i els altres venedors van començar a disposar la mercaderia sobre les tauletes.

A dos quarts de nou, en Manelitus, la Tecla i dos nois més de la comissió de caceres, es van presentar a en Tanet.

–Tanet –va dir en Manelitus–. Anem a buscar en Peret. Arriba a les nou...

–Vols dir que no fareu salat? –els va preguntar en Tanet.

–Oh, no! –va intervenir la Tecla–. El senyor Cisquet, del Bar, ens porta en el seu cotxe...

–Doncs, vinga, afanyeu-vos! Ah! I abans de les deu tots aquí, eh?

–Sí, sí, Tanet –van respondre tots.

I se'n van anar corrents.

A les nou en punt, en Tanet va dir a en Juli:

–Toca la trompeta.

A la crida del secretari, tots els nens i les nenes van acudir a l'entrada del solar.

En Tanet els parlà així:

–Bé. Ja ha arribat el dia del zoo. Podem estar tots ben satisfets i orgullosos d'haver-ho aconseguit. Però la feina no s'ha acabat encara. Al llarg de tot el dia d'avui vindrà molta gent a visitar el nostre zoo. I entre tots hem de fer que tothom se'n vagi content. Estic convençut que tots us comportareu com cal. Avui, més que mai, hem de demostrar el que valem els nens i les nenes del nostre barri. D'acord?

Tots van cridar:

–Síííííí!

En Tanet va continuar:

–A les deu menys cinc, tothom ha de ser al seu lloc. Llavors posarem una cinta de banda a banda de l'entrada. El mossèn beneirà el zoo, el senyor Pujades pronunciarà un discurs, i la mare d'en Pitus tallarà la cinta amb unes tisores. I el zoo quedarà obert al públic. Ara bé: crec que tots hem merescut que, en aquest dia, gaudim també del nostre zoo. Per tant, ara el visitarem nosaltres. Tenim tres quarts d'hora de lleure. Però sobretot, no us embruteu, i quan faltin cinc minuts per a les deu, quan en Juli toqui la trompeta, tots al vostre lloc. Entesos?

–Visca! Visca! Visca el zoo! –van cridar tots, entusiasmats.

I els nens i les nenes del barri, gràcies a l'esforç dels quals el zoo d'en Pitus havia estat possible, s'ho van passar molt bé donant voltes pel zoo, comprant globus i llaminadures i menjar per a ells i per als animals, dient coses al Pallofa, al lloro Pascàssiu, a la vaca de la lleteria, passejant sobre el Pelut, el ruquet...

De seguida va arribar en Peret, amb la gent que havia anat a rebre'l.

La resta dels de la comissió de caceres aviat el van envoltar, tustant-li l'esquena, tots contents, i preguntant-li com anaven les caceres pel Brull.

En Tanet es va apropar al grup i va donar la mà a en Peret.

—Benvingut, Peret —el va rebre—. Espero que passaràs un bon dia entre nosaltres.

—Oh, i tant que el passaré! —va respondre el pageset. I els ulls li brillaren en veure el zoo. Va comentar—: Ostres, quantes bèsties!

Un parell de nens van portar el Pelut davant en Peret.

—Au, Peret. Fes-hi una passejada.

El pageset es va quedar mirant fixament el ruquet, i va comentar, tot estranyat:

—Ai, ai! Juraria que aquest ruc jo l'he vist abans.

Els altres van esclatar a riure.

LA INAUGURACIÓ

A les deu menys cinc, tothom era al lloc: els repartidors de programes, els encarregats de l'alimentació dels animals, els venedors d'entrades...

A les deu, hi havia ja una munió de gent davant del solar.

El mossèn va beneir el zoo, el senyor Pujades va engegar un discurs molt florit, i la mare d'en Pitus va tallar la cinta.

El zoo d'en Pitus estava inaugurat!

El Fleming i la Mariona, que eren els qui venien les entrades, no donaven l'abast. Com tampoc els qui les tallaven: la Tecla i el Cap Pelat.

Aviat el solar va estar ple de gent, que feien un oh! darrere l'altre: mai no s'haurien imaginat que el zoo estigués tan ben fet!

A l'esquerra hi havia un cartell gran que deia: ANIMALS DOMÈSTICS.

En aquesta part, és clar, hi havia les gallines, els galls i els pollets, els gats, les tortugues, els conills de corral, el porc, el gall dindi, la vaca, els coloms... Al fons hi havia la bassa dels ànecs.

I a la dreta, un altre cartell deia: ANIMALS FERÉSTECS.

Allà, els visitants podien contemplar a pleret el conill de bosc, l'esquirol, la rata de muntanya i la de claveguera, els ocells, el mussol dins la cambra fosca –davant de l'entrada de la qual tot el dia hi va haver cua– i també el lloro i el mico. Ah! i el número fort del programa: el tigre.

Davant mateix de l'entrada, sobre les taules de l'escola, hi havia tot de capses de plàstic, de diferents mides, on hi havia els animals petits: els grills, les papallones, les sargantanes, les llagostes, el llangardaix, els escorpins... i en un gran cossi els peixos vermells de la rectoria.

El Pelut donava voltes, passejant els petits, a pesseta la volta.

La visita del director del zoo de la ciutat, amb la seva dona i els fills, va ser un gran esdeveniment.

Quan en Tanet s'assabentà de la seva arribada, va anar a buscar el senyor Pujades i el mossèn, perquè fessin també honor als visitants.

El senyor Pujades va abraçar el vell amic, va donar la mà a la senyora i va contemplar els nens, que estaven extasiats davant l'espectacle que s'obria als seus ulls.

ZOO D'EN PITUS
ANIMALS DOMESTICS
ANIMALS FERESTECS
TIGRE
ESQUIROL
VACA
LLETERA
GAT
GOS

MUSSOL
CAMBRA FOSCA

—Què, petits, quin zoo us agrada més: el del vostre pare o aquest? —els va preguntar.

Però els petits —un nen i una nena— ja havien arrencat a córrer, per veure de més a prop tantes coses boniques.

El director del Zoo de la ciutat va examinar cada un dels animals del zoo d'en Pitus, fent-se creus de l'enginy amb què havien estat resolts els diferents detalls tècnics.

Després, van seure en un dels bancs, i el senyor Pujades i en Tanet van explicar als visitants les incidències, anècdotes i aventures que havien viscut fins a aconseguir muntar el zoo.

UNA VISITA INESPERADA

A mig matí, la Tecla va anar a buscar en Tanet i li va dir:

—Tanet, allà fora hi ha uns senyors que diuen que volen veure el qui mana...

—I què volen? —va demanar en Tanet, tot estranyat.

—Ah, no ho sé pas! —va respondre la nena.

—Bé, anem-hi! Ja ens perdonaran, eh?

—Sí, sí! —van fer els altres—. Primer és la feina!

A l'entrada del zoo, en Tanet va trobar un grup de set o vuit senyors, que portaven unes maletes grosses.

La Tecla, assenyalant en Tanet, els va dir:

—Aquest és el president.

—Renoi, tan petit i ja ets president? —va exclamar amb un riure de bon jan, un dels senyors. I va continuar—: Nosaltres som del Gremi dels Pallassos. Ens hem assabentat que havíeu fet aquest zoo —que, per cert, és preciós— i que l'havíeu fet per recollir diners per a un amic vostre, que està malalt. I, llavors, hem pensat, i si ens hi arribéssim? Si ens dónes permís ens passejarem tot el dia pel zoo, fent riure la gent.

—Oh! —va exclamar en Tanet, sorprès—. És clar que sí... Oh, i tant!

En Tanet no s'hi veia de cap ull, de tan content!

—Doncs bé —va continuar el senyor—. Si ens diguessis on ens podríem canviar i pintar...

En Tanet rumià una mica, i va proposar:

—Ja està! Aniré a buscar el mossèn i li demanaré que els deixi una cambra a la rectoria... Un moment, si us plau!

Abans d'anar a buscar el mossèn, en Tanet va reunir la Tecla i en Cap Pelat i els va dir:

—D'això dels pallassos, ni una paraula... Donarem la gran sorpresa a la gent!

En Tanet i el mossèn van acompanyar els pallassos a la rectoria, a disfressar-se.

Quan van sortir de la cambra, en Tanet no va poder estar-se de riure a cor què vols... Feia tanta gràcia el grup de pallassos, amb les cares pintades i els vestits amples i estrambòtics...

Quan en Tanet va poder posar-se seriós altra vegada els va dir:

—Veig que tots vostès porten un instrument de música. Si volguessin...

—Digues, digues... —van dir els pallassos.

—Doncs, per donar la gran sorpresa a la gent que hi ha al zoo, es podrien amagar fora del solar. Jo faré una crida, dient que rebrem uns visitants de molta categoria, i, llavors, entren vostès tocant els instruments i fent ximpleries.

En Tanet va tallar de cop, en veure que s'havia ficat de peus a la galleda. Es va apressar a dir:

—Ai, perdó. No ho volia dir, això de les ximpleries...

Els pallassos es van posar a riure.

El qui semblava que manava el va tranquil·litzar:

—Si és el nostre ofici, fer ximpleries! Però, nosaltres fem ximpleries per fer riure a la gent; sobretot els menuts. I n'hi ha tanta, de gent, que fa ximpleries que no fan cap gràcia...

Tots es van encaminar cap al solar.

En arribar-hi, en Tanet va entrar corrents, buscant en Juli:

—Juli, corre, au, toca la trompeta!

En Juli es va mirar el president; mai no l'havia vist tan excitat.

—Però, què et passa? Hi ha alguna cosa que no marxa prou bé?

—No, no. Tot al contrari —el va tranquil·litzar en Tanet—. Vinga, fes sonar la trompeta.

En Juli va complir les ordres del president.

De seguida tots els nens i les nenes van acudir a la

crida. I darrere d'ells tots els visitants que, una mica estranyats, es preguntaven què passava...

En Tanet va parlar:

—Escolteu tots: senyores i senyors, nens i nenes. La notícia del zoo d'en Pitus s'ha escampat per tot Barcelona i ara estem a punt de rebre la visita d'unes persones molt importants... Us demanem un gran aplaudiment per a ells!

Tots van mirar cap a la porta d'entrada.

I no van veure res.

Però de sobte es va sentir un gran estrèpit, i entrà tota la colla de pallassos.

Quina sorpresa i quina alegria van tenir els del zoo!

Aviat, els nens i les nenes van voltar els pallassos, cridant i aplaudint.

Com es va divertir tothom!

Un dels pallassos, que tocava el saxòfon, es va posar davant la vaca i tocà una cançó molt trista. La vaca va començar a fer «Muuu!» aixecant la testa, fent morir de riure grans i petits.

Un altre es va fer molt amic del mico Pallofa. Tots els gestos que feia la mona, el pallasso els imitava... i més d'una vegada anava per terra. I tothom, vinga riure.

Aquestes gràcies dels pallassos van impactar molt a en Peret del Brull.

Bocabadat, anava darrere dels artistes, com si aquests portessin a sobre un imant.

Quan algú li preguntava:

—Què, Peret, t'agraden els pallassos?

Solament sabia contestar:

—Ostres, ostres!

Finalment va dir a en Manelitus:

—Saps què, noi? Quan sigui gran vull ser pallasso!

Ves per on, en Peret havia descobert la seva vocació.

I així va passar el matí.

Els visitants, en sortir, tot era dir que s'ho havien passat molt i molt bé. I molts van assegurar que tornarien, una altra vegada, a la tarda.

De dues a quatre, el zoo va tancar.

Abans d'anar a dinar, els pallassos van voler pujar a veure en Pitus, a qui van fer riure una bona estona.

En sortir de la casa d'en Pitus, els pallassos van prometre a en Tanet que tornarien al zoo a la tarda, també.

Després, el mossèn se'ls va endur a dinar, amb el senyor Pujades.

A la tarda, va visitar el zoo una munió de gent, més gran encara que la del matí.

No cal dir que, aquell diumenge va ser un dia de glòria per al barri i es va recollir un bon bossot de diners.

Durant molts anys tothom recordaria aquell zoo que, de primer, tots els nens i les nenes, i després la resta de la gent del barri, havien fet perquè un nen de set anys, malalt, pogués posar-se bo.

EN PITUS ALTRA VEGADA A LA COLLA

Al cap de quinze dies, en Pitus, acompanyat de la seva mare, sortia en avió cap a Suècia.

I, al cap d'un mes, era altra vegada a Barcelona, ja guarit del tot.

El dia de la tornada d'en Pitus va ser festa grossa, al barri. A casa del nen, durant tot el sant dia hi va haver una desfilada de gent.

I en Pitus va tornar de nou a la seva colla.

Però, ara, la colla d'en Tanet s'havia fet molt gran: la formaven tots els nens i les nenes del barri.

Sebastià Sorribas (Barcelona, 1928-2007) va entrar amb molta empenta al món del llibre infantil i juvenil amb la seva primera obra, *El zoo d'en Pitus*, que va obtenir el premi Josep M. Folch i Torres de l'any 1965 i va ser la novel·la que va començar, l'any següent, la col·lecció «Els grumets de La Galera».

L'èxit dels seus llibres s'ha d'atribuir al coneixement que Sorribas té dels nois i noies, obtingut, segurament, d'haver viscut intensament una infància molt lliure en dos ambients ben diferents: el poble de Sallent i el seu barri humil, a Barcelona; a més d'haver llegit molt. Ja de gran, es va dedicar durant anys a fer de monitor per diferents barris de la seva ciutat i a la feina de mestre un cop es va llicenciar en Història.

A més del "Josep M. Folch i Torres", Sebastià Sorribas ha rebut el premi de la Generalitat de Catalunya i el premi Crítica Serra d'Or.

BIBLIOGRAFIA DE SEBASTIÀ SORRIBAS

Narrativa

- *El zoo d'en Pitus.* Barcelona: La Galera, 1966. ("Els grumets de la Galera", 1.) Il·lustracions de Pilarín Bayés. [Adaptació cinematogràfica per a Televisió de Catalunya de Mireia Ros.]
- *Viatge al país dels lacets.* Barcelona: La Galera, 1969. ("Els grumets de la Galera", 7.) Il·lustracions de Pilarín Bayés.
- *Festival al barri d'en Pitus.* Barcelona: La Galera, 1969. ("Els grumets de la Galera", 16.) Il·lustracions de Pilarín Bayés.
- *Els astronautes del «Mussol».* Barcelona: La Galera, 1972. ("Els grumets de la Galera", 47.) Il·lustracions de Pilarín Bayés.
- *La cinquena gràcia de Collpelat.* Barcelona: La Galera, 1983. ("Els grumets de la Galera", 25.) Il·lustracions de Pilarín Bayés.
- *En Peret de Barcelona i la Mercè de Collpelat.* Barcelona: La Galera, 1985. ("Els grumets de la Galera", 41.) Il·lustracions de Pilarín Bayés.
- *La Vall del Paradís.* Barcelona: La Galera, 1985 ("Els grumets de la Galera", 75.) Il·lustracions d'Isidre Monés.
- *La Marina a Vilafruns.* Barcelona: La Galera, 1987. ("Els grumets de la Galera", 137.) Il·lustracions de Pau Masiques.

Contes

- *La Clara.* Barcelona: La Galera, 2004. ("Sirenetes", 18.) Il·lustracions de Roser Calafell.
- *En Luka i el dinosaure.* Barcelona: La Galera, 2004. ("Cues de sirena", 22.) Il·lustracions d'Ignasi Blanch.
- *Què serà la Maria quan sigui gran?* Barcelona: La Galera, 2005. ("Cues de sirena", 27.) Il·lustracions d'Àfrica Fanlo.
- *En Manuel i la seva nova paraula.* Barcelona: La Galera, 2006. ("Cues de sirena", 30.) Il·lustracions de Roger Simó.

EL COR DAMUNT LA SORRA
Jordi Llompart

La Jana viatja a l'Àfrica amb el seu cavallet alat de la sort. Allà buscarà una resposta a les seves preguntes sobre el sentit de la vida, de l'amor...

ZOOMWATTS!!!
Anna Fité

Uns nens troben una biblioteca abandonada plena de personatges de fantasia oblidats.

DE QUI ÉS EL BOSC?
Mercè Canela Garayoa

Diuen que el bosc on juguen tota la colla de nens i nenes del poble, el bosc on han construït les seves cabanes...perilla. Diuen que el talaran. No pot ser!

EL PIRATA GORGO
Josep Lluís Badal

Han fet fora a Gorgo de la feina. A partir d'ara es dedicarà a la pirateria. Per compensar, ja sap un munt de renecs.

L'ORQUESTRA URSINA
Josep Lluís Badal

Django, un vell zíngar, recull un nen abandonat que es comporta com un ós. Només el domesticarà a través de la música.

COM EL PLOMISSOL
Joana Raspall

Recull de versos que es deixen dur gronxats per l'aire fins trobar acolliment en el lector, jove o madur, que sigui prou sensible per captar bellesa del joc de les petites coses de la vida i del sentiment.